「起こしたか？」

優しい声に顔を出すと、飛滝が昨日はバスルームに吊されていたバスローブだけの姿で、トレイに乗せた何かを運んできたところだった。

「何？」

「朝食だよ。こういうのがしたかったんだろ」

（本文P.77より）

「もっと詳しい話を聞かせてください」

声が震えた。

これは演技だ。ここにいるのは、音彦の愛している飛滝だ。

何度そう言い聞かせても、怖くて仕方がない。

（本文P.156より）

Chara

見知らぬ男

顔のない男2

剛 しいら

キャラ文庫

この作品はフィクションです。
実在の人物・団体・事件などにはいっさい関係ありません。

目次

口絵・本文イラスト／北畠あけ乃

素晴らしい恋とはどういうものか知りたかったら、映画を何本か見ればいい。滅多にお目にかかる機会もない宇宙人の姿を見てみたかったら、やはり映画だ。美しい女や逞《たくま》しい男、人間みたいな行動をする動物。見たいと思うあらゆるものが、映画の中には溢《あふ》れているのだ。

「可愛いよね、ミニクーパー。これ観て、カーチェイスを真似《まね》するやつはアホだな」

映画館でなくても映画は観られる。ＤＶＤという素晴らしく便利なものがあるからだ。人前にあまり出たくないといった時には、とても助かる代物だ。

篁《たかむら》音彦《おとひこ》はホテルに備え付けの巨大テレビで、ミニクーパーがカーチェイスをする映画を観て愉《たの》しんでいた。

二人掛けのソファに音彦と並んで座った美しい男は、映画にはさほど興味がないらしい。興奮して喋《しゃべ》る音彦の横顔ばかり見ている。

音彦は映画館の雰囲気を再現しているつもりなのか、膝の上にポップコーンを置き、時々横にいる男にも差し出していた。

「ミニクーパーってイギリスの車だよね。イギリスの俳優って、年取っても魅力的。姿勢がいいっていうのかさ」

喋るか食べるかどちらかにすればいいのに、音彦の口はそれを同時にやっている。おまけに派手なカーチェイスの映画を観ているから、いつもは静かなホテルの部屋も雰囲気が違って感じられた。

「飛滝《ひたき》さん？　もしかして寝てる」

画面に向けていた顔を横に向け直した音彦は、自分をじっと見つめていた男と視線が合って照れたように笑った。

「こういう映画、退屈？」

「いや、あまり楽しそうだったから…つい音彦ばかり見てしまった」

そんな甘い台詞《せりふ》をさらっと言ってしまってもおかしくないのは、彼が天才俳優と言われる飛滝惣三郎《そうざぶろう》だからだろうか。

飛滝は音彦の髪をさりげなく触る。されるまま音彦は、またもや画面に視線を戻していた。

「綺麗な髪だ…」

ゆっくりと顔を下げていって、飛滝は音彦の髪の匂いを嗅《か》ぐ。それだけでは足りず、耳たぶを甘く嚙《か》んでいた。

「駄目だよ。これ観るまでおとなしくしてて」

そう言いながらも音彦は逃げない。飛滝の好きなようにさせている。

映画の共演で二人が知り合ったのは、蟬がうるさく鳴く七月の終わり近くだった。あれから半年、暖かいホテルの部屋を出れば、冷たい風が吹き抜ける冬になっている。

同じ俳優という職業でありながら、二十四歳の音彦はキャリア三年目。まだ主演作は一本もない。

飛滝はというと、五歳で天才子役としてデビュー以来二十五年間、トップの地位をほとんど降りた事がない大物俳優だった。

共演した映画の舞台挨拶で、冗談のように紛らせてキスまで公開したが、二人の関係はやはり秘密だ。こうしてホテルの部屋でたまに逢うのが、デートと言えばデートなのだろう。

それでも音彦に不満はない。なぜならホテルを一歩出てしまえば、飛滝は別人になってしまうからだ。

何にでもなれる男なのに、自分を演じるのは一番下手だった。こうして二人きりでいる時だけ、飛滝は本物の飛滝でいられると音彦は確信している。

「退屈してるんだろ…。だったらそう言えばいいのに…、態度で示さなくても」

飛滝の手は、自然と音彦の体を触り始める。じっと画面を見ているのに飽きたというより、音彦という魅力的な存在が傍らにいるのに、何もしないでいることに耐えられなくなったのだろう。

「エッチシーンじゃないのに…」

「んっ？　どういう意味だ」

音彦の言葉に、飛滝の手は止まった。

「飛滝さんって意外に照れ屋だよね。映画のエッチシーンになると、見ないでいたずら始めるんだから」

くっくっと体を揺らして笑う音彦をそれ以上喋らせないつもりか、飛滝の唇《くちびる》が重なってすべての発言を封じてしまった。

音彦は諦《あきら》めたのか、飛滝にキスされたままでテレビを消す。

静かになった部屋では、じきに音彦と飛滝が主演の、素晴らしいシーンが始まろうとしていた。

人は一日に何回、自分の顔を見るのだろう。

朝の洗顔の時間。昼間、トイレに入った時。鏡のように磨き込まれたエレベーターのドアに、何げに映った顔を思わず熟視してしまう瞬間もあるかもしれない。

女性の方が、明らかに鏡を見る時間は長い。化粧という大切な日課があるからだ。仕事の休憩時間、ショッピングの合間、ひどい時には電車の中でだって、女性は小さな鏡を取りだして、自分の顔の点検に余念がないものだ。

男性はどうだろう。朝には整髪と髭剃《ひげそ》りのために鏡に向かうが、その後何度、自分の顔に向き合うのだろうか。

もちろん年齢によって違うだろう。ニキビ一つが命取りの若者と、既に頭髪も気にする必要のなくなった壮年の男性とでは、自分の顔に対する興味の持ちようも違ってくる。

音彦の場合は、鏡を見る時間が他の男性に比べて遥かに長い。仕事に入っている時は特に長かった。

今日も鏡の前にいる。担当してくれているメイクの女性が無口なのが、何よりありがたい。音彦にとって顔を弄《いじ》られているこの時間は、何も考えないでいたい時間なのだ。

武道の試合の前に、座禅を組む武道家の心境に近いものがある。これから自分の演じる役柄に、すんなりとスライドしていくために、もっとも大切な無心の時間なのだ。

今日演じる役柄には、名前すらない。

コマーシャルの撮影だからだ。

クライアントが音彦に求めるのは、都会で暮らす若者という漠然としたイメージしかない。際だった特徴は必要ないのだ。どこにでもいる、清潔そうで爽やかな印象の若者が求められている。

男性よりもむしろ女性にとって好感度の高い、優しげな若者がいいのだろう。若い女性にとっては、恋人にしたい男。熟年女性にとっては、理想の息子であればいい。

音彦は髪を一切染めていない。さらさらとした黒髪だ。整ってはいるが、綺麗なだけの顔立ちなので、髪を明るくしたり変わったカットをしてしまうと、逆に安っぽいイメージになってしまうからだ。

役柄でそういったイメージが必要となったら、染めたり、派手にカットしたりするのはいつでも出来る。それよりも普段の篁音彦のイメージを、このおとなしげな外見でより強く印象づけたかった。

それが今回のコマーシャルの起用ポイントにはなっているだろう。

「いかがですか？　よろしいでしょうか」

遠慮がちに声をかけられて、音彦は鏡の中の自分を改めて凝視する。

真っ白なセーター。真っ黒なさらさらの髪。

眉は自然な形で、見事なまでに左右対称に整えられ、唇から覗《のぞ》く歯は、そのまま歯磨きのコマーシャルに使えそうなほど輝いている。

「ああ、いいです。どうもありがとう」

椅子《いす》を引いて立ち上がり、鏡の前を離れた。すると下半身までが映し出される。

身長は百七十五センチ。若い男としては、標準より少し高いくらいだろう。決して逞しくはないが、健康な若者の肉体だ。裸になっても、見劣りするほど貧相ではない。

俳優なんて職業を志さなかったら、いい男のくくりにいれられて、ほどほどに女の子にもモテて、充分に人生を楽しめたのかもしれなかった。

だが音彦は、俳優になったのだ。

ただの通行人役ばかりではない。エンディングのタイトルロールで、かなり上方に名前が出るようにもなっている。

この甘くて優しげな顔立ちを売って、音彦は生きているのだ。

案内されて撮影スタジオに向かう。そこにはすでに真っ白なシステムキッチンとテーブルが用意されていて、音彦はセットの鍋や皿をそれとなく手にした。

「いい色だね。どこの？」

「フランスですよ。ル・クルーゼです。ご存じじゃなかったですか？」

フードコーディネーターとか、キッチンコーディネーターとか、ともかくそんな名前がついていそうなスタッフの女性が、媚《こ》びたような笑顔を向けてくる。

「料理はあまりしないから」

音彦は曖昧《あいまい》に微笑《ほほえ》んで誤魔化したが、料理を全くしないわけじゃない。ここの現場では、そういったキャラクターが望まれていると思って、咄嗟《とっさ》にそう答えただけだ。

料理をする役が回ってきたら、完璧《かんぺき》に料理が出来るまで練習するだろう。僅《わず》か三十秒しか包丁を持った手元が映らないとしても、それらしく扱えるのがプロの俳優だと、音彦は教えられたのだ。

教えたのは誰だろう。

他の誰でもない。

音彦が愛する男。この業界では先輩にあたる飛滝惣三郎、誰もが天才だと認める俳優だった。

むろん飛滝は、音彦に丁寧な演技指導なんてしてはくれない。天才肌の人間にありがちなことだが、飛滝は人に教えたりすることが出来るタイプではないのだ。

ではどうやって飛滝から、演技のこつを盗むというのだ。

簡単に見えて難しい。飛滝が役を自分のものにしていく過程を、見様見真似《みようみまね》で真似るしかなかった。

音彦はまだ誰も使ったことのない、システムキッチンを眺める。撮影のためのセットだから、水を流すこともないのでピカピカだ。

今回はそれでもいい。なぜなら扱う商品は、レンジで温めるだけの簡単パスタだからだ。

最初のシーンは、一人で少し寂しげに、物思う風情で食べる。次に別のシーンがあって、そちらでは二人分を用意して、楽しげに調理しているところまでを撮る。

一つの商品で、様々なパターンのコマーシャルを流す。続けて観ていくと、一本のショートドラマを観たような気にさせる、最近増えた演出方法だった。

音彦は自分に求められている役柄について考える。

いい男なのに、パスタを作ってくれる彼女もいない。たまたま今日はいないのか、それとも最初からいないのか。もしかして遠距離恋愛で、たまにしか逢《あ》えないのかもしれない。最初のシーンではそう思わせてくれと、ディレクターから指示が出ていた。

続けて撮るシーンでは、明らかに誰かが来る設定になっている。恋人だとしたら、簡単パスタで食事を済ませるというのは、あまりにも安易だと思われるだろうが、このパスタが本格的で、レストランに行く必要がないと印象づけるのだ。

食べ物にも拘《こだわ》りのありそうな、若くていい男が選ぶ食事。洗練されていて、都会の雰囲気を匂《にお》わせた男が、あれ、これって意外にいいんじゃないと、口元を綻《ほころ》ばせる。

コマーシャルを観ていた消費者、特にパスタなどを常食している世代が、何となく食べてみたくなればそれでいい。実際に口にする消費者に、洗練だの拘りだのは必要ない。ようは手軽においしい物が食べられるんだと、思ってくれたらそれでいいのだ。

音彦はすでに何個も試食している。値段の割には、まぁまぁおいしいと思った。

もしまずいと思ったら、この仕事を受けただろうか。

レンジに商品を入れて、スイッチを押すシーンを撮影しながら、音彦は今さらのように考え込んでしまった。

飛滝だったらどうするだろう。パスタ職人の役を貰《もら》ったら、本格的に自分で手打ちパスタまでこしらえてしまうような男だ。納得出来ない商品のコマーシャルなんて、安直に引き受けるとは思えない。

それでこれまでは、コマーシャルに一度も出演しなかったのだろうか。

あれほどの大物俳優で、コマーシャルに出ていないのは珍しい。最近になって、初のコマーシャル出演を果たしたが、大手住宅メーカーのものだった。

まさか飛滝だって、家の設計まで自分ではしないだろう。家を建てる役柄ではないから引き受けたのだと思うが、内容については放映がまだなので観ていなかった。

自分が出演した住宅メーカーに、飛滝は新しい家を造らせている。最初からそれが条件で、コマーシャルを引き受けたのだろうか。それともたまたまその社を訪れた時に、ぜひ我が社のコマーシャルに出て欲しいと、熱心に交渉されたのか。

そんなことどうして恋人の音彦が知らないのだろう。

飛滝が言わないからだ。

訊《き》いても笑って誤魔化される。あの整った男らしい顔が、曖昧な微笑みなんて浮かべたら、何人の人間がそれ以上しつこく追及出来るというのだ。

飛滝が言いたくないのなら、それでもいいと思ってしまうだろう。

コマーシャルを観た視聴者は、飛滝のプライベートと被《かぶ》らせるに違いない。実際に飛滝は、コマーシャルで使われたのとよく似た家を建てているのだから、余計にそう思われる。

それが仕組まれた演出なのか、たまたま偶然なのか、飛滝の家の完成と、コマーシャルの放映開始時期はほとんど一緒だ。

新しい家のリビングで、飛滝と並んでそのコマーシャルを見ることになるのだろうか。

どんな顔をして観ればいいのか、今の音彦にはわからない。

飛滝の私生活を知っているのは、音彦だけの筈《はず》なのに、誰もが知ったような気になってしまうのは面白くないと。

「篁さん。もう少し、おいしそうな顔、いただけますか」

監督の言葉に、音彦ははっとして自分が今いる状況を思い出した。

仕事中に私生活へ意識を飛ばすなんて、プロとしてあるまじき失態だ。

音彦は気を引き締めて、もう一度最初からお願いしますと、スタッフ全員に頭を下げていた。

木を隠すなら森に隠せの喩《たと》えのように、人を隠すならホテルは最高の場所なのだろう。

音彦は都内にある巨大ホテルの入り口の、回転ドアを押して入っていった。撮影の後で、クライアントである平成《へいせい》製粉の社員数人と軽く飲んだ。若い女性タレントだったら、彼等はもっと楽しんだだろうにと余計なことを考えながら、エレベーターに乗り込む。

あれっといった顔をされることが多くなった。エレベーター内にいた二人組の女性も、何か言いたそうにしているが、黙ったままでちらちらと音彦を見ている。最上階に行く音彦は、彼女らが降りるまで黙って俯《うつむ》いていた。

これまでは混んだ電車に乗ったって、誰も注目なんてしなかった。渋谷《しぶや》で買い物していても、後をつけられたりしたこともなかった。

露出度が上がる度に、少しずつ、少しずつ何かが変わっていく。

注目されるのが嫌だったら、とてもこの仕事はやっていけない。望むべき注目が集まるようになると、今度は虚栄心なんていらないものまでついてきそうで怖かった。

音彦なんかよりずっと有名な俳優である飛滝は、どうやって誰にも注目されず、この巨大ホテルの中で暮らしているのだろう。買い物一つするのでも、部屋を出た途端に誰かと出会ったりはしないのだろうか。

そんな危険を冒してでも、自分を取り戻すために飛滝はホテルに隠れる。

「従業員の制服くらいは、用意してるのかもな」

エレベーターを降りながら、飛滝がホテルの従業員のふりをして、それとなくホテルの中を歩き回っている姿を想像して笑った。それくらいは飛滝だったらやりそうだ。

それともなければ飛滝は、ここではあくまでも旅行者のような顔をして、ビジネスマンの中に紛れ込んで暮らしているのかもしれない。

そんなホテル暮らしも、じきに終わる。

麻布《あざぶ》のお化け屋敷。そう呼ばれていた、飛滝の元の家はもうない。昭和の初期に建てられたと思われる洋館はすべて取り壊され、伸び放題だった庭木も、僅かを残してほとんどが取り払われた。

更地になったその一画に、大手住宅メーカーの工事中の看板が立てられ、驚異的な速さで建物が姿を現す。マスコミはその家の正規の所有者、飛滝惣三郎がついに結婚かと浮き足だったが、誰も飛滝の恋人らしい姿は見つけられなかった。

インタビュー嫌いの飛滝から、無理にコメントを奪ったレポーターが訊いたのはたった一言。映画のギャラが入ったから、ただそれだけだ。私生活が全く謎《なぞ》の飛滝からコメントを取れたというだけで、レポーターはそれ以上の追及は諦めるべきなのだろう。

新居が完成しても、飛滝はマスコミにお披露目したりはしない。いったいいつから飛滝がそこで暮らすのか、誰も知らないのだ。

音彦にすら飛滝は何も知らせてくれない。

ドアをノックする。インターフォンがあるのにわざわざノックするから、飛滝にもそれが誰だかわかるようになっている。

「お疲れ…」

仕事帰りの音彦を出迎えたのは、髪も乱れ疲れたような顔の飛滝だった。

ホテルの部屋にいる時の飛滝は、冴えない顔つきをしていることが多い。疲れ切ったビジネスマンが、出張先のホテルでほっとしているような印象だ。

まさかプライベートでまで、部屋に合わせて自分の色を変えるのかと、疑問に思わないこともなかったが、いつこの部屋を訪れてもその印象は変わらなかった。

「飛滝さんこそ疲れてるみたいだ。何してたの？」

「ちょっとした学習だよ」

部屋に入ると、外国映画のＤＶＤと、数冊の本が山積みになっていた。

音彦はＤＶＤを手に取る。どれも皆、一度は音彦が観たもので、飛滝ともそれらの作品の批評を話し合ったことがある。

　アメリカの俳優は紳士の役をやっても、ただの成金にしか見えないとか、フランスの俳優の美的基準がよくわからないとか、好き勝手を言っていたようだ。

　飛滝から見たら、そんな音彦の的はずれの批評は、笑えるだけだっただろうか。

「あーあ、一日中、パスタばっかり食べてたから、胸焼けしそうだ。しばらくはパスタ禁止にしよう」

　音彦は勝手に飛滝のベッドに寝転がり、飛滝が優しい言葉の一つもかけてくれるのを待っていた。だが飛滝は音彦を見ようともしない。乱れた髪もそのままに、ぼんやりとしている。

「CMの撮影って、疲れるね。何度も同じ物食べないといけないのに、毎回、おいしそうな顔しないといけないんだもんな。ねぇ、飛滝さんのってどんなCM。そろそろ教えてくれてもいいと思うんだけど」

「明日から、しばらく留守にする」

　飛滝はのろのろと本を片づけながら、質問の答えではなく、とんでもないことを抑揚のない声で言った。

「明日から？　俺、何も聞いてないよ」

「急に決めたんだ…」

プライベートでの飛滝は、実に謎だらけだ。

突然思いついて、一人で勝手に行動する。どんなに親しくしているつもりでも、恋人である筈の音彦にすら何も説明はない。

「飛滝さんの頭の中って、いったいどうなってんだろう。一度、分解して点検してみたいもんだな…。それで、どこ行くの」

「海外…」

「海外ーっ？」

音彦は横たえていた体を、驚いた勢いで起こしてしまった。

「どこまで行くんだよ。そろそろ新居だって出来上がるっていうのに、そんなことしてていいのかな」

内心は羨《うらや》ましくもある。いくら映画のギャラが入ったとはいえ、音彦にはまだ自由に海外に遊びに行けるほどの余裕はないし、仕事が詰まっていて自由な時間もなかった。

「俺も行きたい…。あの昼の連ドラ、あれさえなけりゃ…」

最終回間際の三話分、新たな出番が書き込まれさえしなければ、音彦もついていくと言えただろう。

売れ始めた音彦で、少しは視聴率でも稼ごうと狙《ねら》ったのだろうか。またはあの後にこれがあの篁音彦の売れない時代の出演作ですと、何かの折に話題になる事を狙ったのか、予定にはなかった出番が追加されていた。

「一週間もすれば帰るよ」

こともなげに飛滝は言った。

「一週間…。俺がスタジオで、つまんない台詞を喋ってる間中ずっと、飛滝さんはどっかの国で、誰かと楽しんでるんだ」

一人で行くのならまだ許せるが、誰かと一緒だったりしたら、音彦にも許せる範囲を超えている。

「安心していい…一人だから」

飛滝はベッドの脇《わき》に座ると、音彦の髪を優しく撫《な》でた。

「それより、服を脱いでくれないか…」

「言われなくても脱ぐけど…何そんなに急いでんの。明日からいなくなるから、その分やりだめしとこうとか思ってる?」

自分で言っておきながら、音彦はその言葉の虚《むな》しさに悲しくなった。

セックスだけの関係だなんて思ってはいないのに、やりにきているだけのようにとられているのだろうか。

「ビデオを撮りたい…」

飛滝は音彦の耳元で、怪しく囁《ささや》いた。

「ビデオ?」

飛滝はいつだって映像を撮られる側の人間だ。家庭用のホームビデオで何かをちまちまと撮るなんて、飛滝がすると似合わない。

「何を撮るんだよ…」

ほとんど大きさを感じさせない、手の中にすっぽりと収まる小さなビデオを取りだして、音彦にレンズを向けていた。

「離れている間も、君のことを忘れないように」

「よせよ。たった一週間で忘れる筈なんて…」

そこで音彦は気が付く。

ビデオを取り出す前に、飛滝は何と言っただろう。

脱げと言ったのだ。

「…飛滝さん…変態っぽい」

音彦は笑った。飛滝のすることはいつだって謎だらけだが、これでまた一つ、おかしな素顔を見せられたことになる。

「一週間、何を観てるつもり？　俺の裸…」

「それだけじゃない」

飛滝はゆっくりと音彦の着ているシャツのボタンを外し始めた。

「よせよ。やってるとこ、撮るつもり？　そんなのもし誰かに観られたら、やばいだろが。立場ってものを考えなよ」

「安心していい。他の誰にも見せないし、君が…いつか俺の前から消える時には、何も言わずに廃棄すると約束するから」

「ちょっ、ちょっと待てよーっ」

音彦が消える。音彦の前から飛滝が消えることはあっても、音彦が先に消えるなんてことはあり得ない。

音彦としてはそう言いたかったのに、何だか悔しくて口には出来なかった。

「飛滝さんの秘密のコレクション？　そういうことするような人だとは思わなかったけどな」

「…君は、どれだけ俺を知ってるんだ」

その通りだった。

何をどれだけ知っているのだろう。知らないことの方が多すぎる。

セックスをビデオに遺《のこ》す趣味が飛滝にあったとしたら、この時になって初めて音彦は、そういう男だったのかと驚くだけだ。

「カメラは意識しないでくれ。出来るだけあるのは忘れて」

「だったら最初っから、隠し撮りすればいいだろうっ。この部屋じゃ無理だっていうのはわかるけど…それにしたって」

意識するなと言う方が無理だ。

自分のセックスなんて、とても正視出来ない。そんなことを楽しめるほど、音彦はすれた大人でもないし、性的に貪欲《どんよく》なチャレンジャーでもなかった。

「もしかして演技の研究対象だったりして」

自棄《やけ》になって音彦は口走った。

だが飛滝はその言葉を、あえて否定はしなかった。ということは、その目的もあるのだろうか。

「言っておくけど…飛滝さん。ゲイで濡れ場のある役なんてやったら、スタジオに乱入してでも妨害してやるからな」

音彦のシャツのボタンをすべて外し、ズボンのベルトに手を伸ばしていた飛滝は、その言葉には素直に笑った。

「楽しいだろうな。音彦が真っ赤になって、スタジオに乱入してくる場面は、どんなドラマよりもドラマチックになりそうだ」

「冗談だと思ってる？　結構、マジなんですけど」

「そんな心配はしなくっていいよ。一週間…このビデオが君の代わりだ」

「……飛滝さんが、ビデオ観ながら一人でやってるなんて、そんなの似合わないからやめなよ。おかしいよ、いい男がする事じゃないって」

音彦の抗議は聞き入れられそうになかった。

飛滝は自分も着ていたラフな部屋着を脱ぎ捨てて、見事な裸体を部屋の灯りの中に曝《さら》す。

さぁ、これから楽しもうという一番心躍る時間だというのに、音彦は誰かがカーットと叫んではくれないものかと祈りたい気分だった。

飛滝が帰らないなんてことはないと思うが、行き先が外国だと言うのは聞いていただけに不安だ。何の目的で行ったのかは、音彦にも謎のままだった。

あれから十日が過ぎたのに、飛滝からはまだ何の連絡もない。

「愛されてるんだろうか」

自宅のベッドに寝ころびながら、音彦は自分が一方的に飛滝を追いかけているんだと実感する。

たった一度共演しただけで、音彦は飛滝惣三郎という男にのめりこんだのだ。

男の理想と思える完璧な容姿をした、どんな役にもなりきれる天性の俳優だ。先輩俳優として尊敬もしているし、憧れてもいる。

それだけで終わればよかったものを、もっと違った関係を求めてきたのは飛滝の方だ。

恋愛は一人でするものではない。音彦がそれに応えたからこそ、二人の特別な関係はスタートした。なのに今では、音彦の方が一方的に追いかけているような気がするのは、どうしてなのだろう。

役が終わった時点で、音彦に対して興味が薄れたのだろうか。熱愛される弟の役だったから、その役を演じた音彦を愛してくれたけれど、ただの篁音彦という若者と付き合ってみたら、それほどの魅力を感じなくなったということはないだろうか。

不安な思いを胸に、音彦は水槽の中の赤黒二匹の金魚を見つめた。

飛滝がくれた唯一のプレゼントは、水槽の中で元気に泳ぎ回っている。

「いいなぁ、お前達はいつも一緒でさ。俺は追いかけるばっかりだもんな」

外国に行くからといって、音彦についてこいとは飛滝は決して言わない。もちろん音彦にだって仕事があるのだから、誘われたからといってついていけるものではないが、無理と知っていても誘うだけはして欲しかった。

恋は人を我《わ》が儘《まま》にする。

音彦はいつの間にか、飛滝に甘えるのが当たり前になっていたことを反省した。

確かに最初の役柄が、兄に甘えて生きている弟の役だったから、そのままの関係を持ち込んでしまった部分もあるだろう。けれどすべてが過去になった今、二人の関係は俳優を職業とする者同士、一対一の大人の関係に進展しないといけないのだ。

「飽きられもするよな…。俺っていったい何なんだろう」

天井を見上げながら、音彦は初めてまともに自分とは何かについて考えていた。

俳優にどうしてもなりたかったわけじゃない。大学時代に付き合っていた女の子が、冗談まじりで大手映画会社『西宝《せいほう》』のオーディションに、音彦の写真とプロフィールを送ってしまったのがきっかけだ。

一位ならそれなりのファイトも湧くが、三位という成績でその後もぱっとせず、そろそろ俳優なんて辞めようかなと思った時に、飛滝と共演して考えが変わった。

自分を変えていくのは自分の力だ。

顔しか売り物がないからなんて逃げの姿勢でいたから、これまでの仕事は中途半端に終わっていたのだ。

あれだけの容姿に恵まれていながら、飛滝はそれだけで仕事をしているわけではない。時には汚れ役もやり、顔つきまで変えてみせた。

自分に向いた役を待つのではなく、役に徹底的に自分を合わせるのだと、飛滝の演技を見ていると思い知らされる。

その役についている間は、飛滝は私生活までその役柄になりきって暮らすというのだ。あそこまでのめりこんで演技をしたら、俳優という職業は半端ではなく面白いだろう。

だが音彦は疑問に思った。

飛滝の本当の顔は、どこにあるのだろう。

そして本当の飛滝は、何を考えて生きているのだろう。

もっと飛滝のことを知りたい。そう思って追いかけているのに、いまだに飛滝の本当の姿が、音彦にも実はよく摑《つか》めていないのだ。

演技をしていない時の飛滝は、少しぼうっとした印象だというのはわかる。集中力が全くなくなっているせいか、音彦が話しかけても聞いていなかったりするのだ。

そんなところも惚《ほ》れた弱みか可愛《かわい》く思えてしまうのだが、当の飛滝はうるさくまとわりつく音彦のことを、本心ではどう思っているのだろう。

同じ俳優を職業としていることで、嫌がってはいないのだろうか。飛滝の演技のこつを盗もうとしている、打算的なやつだと思われたりしていないか。

やはり独りでいる自由な時間の方が、音彦といるよりも楽だと感じてはいないか。前にやった役柄を完全に自分の中から消すためには、独りの時間が必要なのだとしたら、音彦は邪魔な存在でしかない筈だ。

悩み出すと、音彦の思いはどんどん暗い方に流されていってしまう。

飛滝と深く関わった人間の中には、音彦と同じように飛滝に魅入られた者もいただろう。音彦が知っているだけで、監督の桐生尚史《きりゅうひさし》、女優の野本香奈《のもとかな》。彼等は飛滝と一緒に仕事をした後も、飛滝との繫《つな》がりを求めながら拒絶されている。

このましつこく追いかけ続けたら、音彦もいつか嫌われるのだろうか。

今回のようにふらりとどこかに出かけたまま、音彦には何の連絡もくれないままで、静かにフェードアウトされてしまったらと思うと、不安にならずにはいられない。

同じ俳優という職業を続けるつもりだったら、野本香奈のようにさっさと飛滝を諦めた方が賢明なのかもしれない。そうしないと桐生のように、満たされないことで生まれる痛みを味わされるかもしれないのだ。

けれど音彦は、そう簡単に飛滝を諦めたくはなかった。

素顔の飛滝をもっと知りたい。そして素顔の飛滝に、もっと愛されたかった。

誰もが欲しがるが、決して手に入れられない。そういった危うい魅力が、飛滝に溢れているせいだろう。

電話が鳴り出した。飛滝が帰ったのかと、音彦は寝ていたベッドから飛び起きて、電話に飛びついていた。

「はい…篁ですが…」

『篁さーん、今、時間あります。急な打ち合わせ？　っていうか、顔合わせみたいなのが入ったんですけど、出られますかね？』

マネージャーの高橋《たかはし》が、浮かれたような声で喋っていた。

「打ち合わせ？」

本当は家から出たくない。飛滝からそろそろ連絡がある筈だと、音彦は自宅で待っていたかったのだ。

『もしかしたら、すごくおいしい話になるかもしれません。今から、私、迎えに行きます。着替えて、待っててくださいね』

嫌だと言える立場ではなかった。

西宝のオーディションを受けた後、音彦を引き受けてくれたのが今のタレント事務所だ。西宝と正式な契約をしている事務所で、最初の一年で二本、映画のちょい役を回してくれた。その後もテレビドラマや雑誌のモデルなど、そこそこに食える程度の仕事は回してくれていた。だからこそ鳴かず飛ばずの俳優生活を、どうにか三年も続けられたのだ。少し名前が売れたからといって、世話になっている事務所に対して傲慢《ごうまん》な態度がとれる筈もない。

事務所の入り口にはでかでかと、音彦が飛滝と出演した映画『慟哭《どうこく》』のポスターが貼《は》られている。かつての音彦と同じように、売れないままの俳優達にとって励みになるように貼ってあるのだと高橋は言っていたが、音彦にとっては面映《おもは》ゆいばかりだった。

待遇もよくなっている。何よりも変わったのは、それまで複数のタレントを面倒見ていた高橋を、音彦の専属にしたことだろう。

時間は五時を回っている。この時間からだったら、軽く食事か飲み会になるのが普通だ。音彦は失礼にならない程度のラフなジャケットを取りだし、細身の黒のパンツを穿《は》くと、大胆なデザインのシャツを着た。

高橋は迎えに行くと言ったら、必ず十分以内にやってくる。そういったところは、しっかりとしたマネージャーだ。おかげで仕事に遅刻したこともないし、余計な苛立《いらだ》ちを感じないで済んでいる。

高橋は三十半ばの二人の子持ちだったが、音彦といてもあまり家族の話はしない。私生活と仕事をきっちりと分けているのだろうが、こんなにいつも忙しそうにしていたら、妻は不満に思わないかと、音彦はつい余計な心配までしてしまう。

けれど高橋にしてみれば、忙しいことがこの業界での成功を意味していた。何人もの売れない俳優のマネージャーをしていた時より、音彦一人で忙しくしていられる今は、高橋にとっても充実している時なのだろう。

「忘れ物ないよな…。携帯、鍵《かぎ》、財布、ハンカチ…」

最後の点検を終えた音彦は、電話の前で立ち止まった。

部屋を出る時に、留守番電話をセットする瞬間が一番辛《つら》い。帰って来ても、一番聞きたい飛滝からのメッセージが入っていることは、ほとんどないからだ。

仕事をしていない時、飛滝は携帯を持ち歩かない。この時代に、メールもしなければ携帯も使わない人間の方が珍しいが、何とか連絡を取りたくても、音彦からでは無理なのだ。

もちろん仕事用の連絡先を、飛滝が全く持っていないわけではない。個人用のオフィスを構えているが、連絡係のスタッフが一人常駐している程度のものだったから、一方的にメッセージを残すことしか出来ないのだ。

愛する者からも、飛滝は隠れたがる。

それとも音彦は、飛滝にとってそれだけの存在でしかないのか。

わからないことだらけで進行する恋愛は、謎めいていてスリリングではある。だが自分で自分をしっかり支えていかないと、負の感情に押し流されそうになるのだ。

着替えて出て行くと、ちょうど高橋の車が音彦の住むマンションの前に到着したところだった。やはり十分、計ったように正確だ。

「篁さーん、そろそろ引っ越しを考えないと駄目ですね。あのＣＭがオンエアされたら、女の子のファンがもっと増えそうですから、危ないですよ」

「考えてはいるんだけど…」

飛滝の新居に同居すると言ったら、高橋は即座に却下するだろう。二人の関係はまだ知られていないが、映画公開の舞台挨拶《あいさつ》で、キスまで公開した飛滝と音彦が同居となったら、事務所がもっとも嫌うスキャンダルネタを自ら提供するようなものだ。

運転している高橋の後ろ姿に向かって、音彦は尋ねていた。

「高橋さん。マネージャーの仕事って、大変なんだろうね」

「いいえ、そんなことはありませんよ。タレントさんが気持ちよくお仕事していただければ、それだけで私らも満足してますから」

運転しながら高橋は、音彦が珍しくも自分達の仕事を慰労してくれたのかと思ったようだ。

「やはり人間には、それぞれの分相応ってことがありますからね。私には縁の下の力持ち仕事が向いてるんです。篁さんの成功が、私にとっても成功ですから」

「…マネージャーにとっては、タレントの成功が大事なんだ…」

走り去る風景を、後部座席から見送りながら、いっそ飛滝のマネージャーにでもなった方がいいのかなと考え出していた。

そうでもしなければ、飛滝との距離がどんどん離れていってしまいそうで不安なのだ。

飛滝は、好きな仕事だけを選べるほどの大物俳優だ。だが音彦は、こうやって言われたままに仕事を入れなければいけない、まだまだ駆け出しの俳優でしかない。

スキャンダルにも怯《おび》えないといけないとなったら、いっそ飛滝のマネージャーになってしまって、公私混同であることを気にせず、毎日側にいた方がいいように思える。

マネージャーを持たないできた飛滝にも、そろそろそういった人間が必要ではないだろうか。

だとしたら音彦がやってもおかしくはない。

「驚かないでくださいよ。テレビの仕事ですけどね。実は特別企画のドラマの主役が、急遽《きゅうきょ》変更ってことになったらしいです」

考え事に耽《ふけ》っていた音彦は、高橋の言葉で現実に引き戻された。

「…急遽変更？　それって俺になったたって意味？」

「『慟哭』を観た児玉《こだま》プロデューサーが、どうしても篁さんを使いたいって、申し込んできたんですよ。それで今から…ドラマ担当の上月《こうづき》ディレクターと監督に会いに行きます」

「待って…それってもう、他の俳優にオファーが入ってたってことだろ」

「そうですが…その俳優、ちょっとしたスキャンダルが絡んでるみたいなんで…」

高橋は言いにくそうに口ごもった。

スキャンダルといっても、どの程度のものを言っているのだろう。違法薬物は確かにNGだが、恋愛はもはやスキャンダルと言える時代ではない。番組を降ろされるほどのスキャンダルといったら、余程のものだ。

この業界の黒い噂《うわさ》を、音彦だって聞いたことがないわけじゃない。俳優一人を潰《つぶ》すために、スキャンダルを捏造《ねつぞう》することだってあるのだ。そんなことでなければいいがと、音彦はつい自分の前に候補になっていた俳優の心配をしてしまった。

本来ならライバルを蹴落《けお》とし、自分に回ってきた幸運を最大限に生かそうとするものなのだろう。それくらい貪欲にならなかったら、この業界で生き残るのは難しい。だが音彦は他人を蹴落としてまでというのが、どうしても苦手だった。

そういった黒い陰謀に巻き込まれなくて済む、または巻き込まれても撥《は》ね返せるのは、飛滝のような天才肌で、誰もが使いたがる一部のトップだけだ。音彦もそうなれれば、いちいち自分に回ってきた役のことで悩まずに済むのかもしれないが、それまでが遠い道のりだった。

「うまくいけば、シリーズ化も可能な作品なんですよ。テレビの二時間枠ですからね。注目度もずっと上がりますから」

高橋は浮き浮きした声で言っていたが、音彦が意外にも静かなので、怪訝《けげん》そうにバックミラー越しにちらちらと音彦の様子を窺《うかが》っていた。

「嬉《うれ》しくないんですか？」

「いや…嬉しいのは嬉しいけど…すでに誰かに決まっていた役をやるのって、どうなんだろうと思って」

「篁さん、そこがあなたのいいところでもあるけど、弱いところでもあるんですよ。役を奪われた相手の心配なんてすることはないんです。人のことまで思いやれるのは、とても優しいいい性格だとは思いますが、生き馬の目を抜くって言われるくらい、厳しい世界ですからね」

まだ若い音彦に、高橋としては教えてやっているつもりなのだろう。だが、はいそうですねと、簡単に相づちを打てない。

こういった業界の水にどっぷりと浸《つ》かってしまって、自分だけを特別視したがる人間が多い中、音彦はいまだにどこか醒《さ》めていた。

注目度が下がれば、自分もまた明日には追い落とされる。そんなことは分かり切っているのに、人の不幸ばかりを単純に喜べない。いつ自分がスキャンダルまみれになって、落ちていくか分からないではないか。

どんなに自分を変えようと努力しても、限界があることを音彦は知っている。誰もが天才飛滝のように、求められる俳優でいつづける保証はないのだ。

その飛滝だって、体や精神を壊してしまったら、続けて使われることはなくなってしまう。そういえばそんな天才もいたなで、過去の人にされてしまうのだ。

厳しいのはどこの世界も同じだが、自分の肉体と精神、そして顔が勝負の俳優業には、やはり独特の厳しさがあった。

高橋に連れて行かれた先は、個室のある中華レストランだった。漆黒の円卓の席は四つ用意されていて、すでに二人の男が着席していた。一人は若作りだが五十代。もう一人はせいぜい三十の前半といったところか。

「篁さん、上月ディレクターですよ」

耳元で高橋が囁き、それとなく年配の男を示す。

ディレクターの上月は美食家なのだろう。音彦が入っていくと、普通だったらまずは挨拶なのに、いきなりこの店の一番旨《うま》い料理の解説が始まったのだ。

お前もこの世界の人間だったら、俺のことくらいは知っているだろうと言わんばかりの傲慢さが感じられて、音彦は席についても笑顔が浮かばなかった。

飛滝は私生活では、こういった業界の人間とはほとんど接触しない。仕事の打ち合わせもオフィスを通して行われ、会食に付き合ったり、飲みに行ったりは決してしなかった。

それは飛滝にとって、もっとも相応《ふさわ》しい選択に思える。

彼等のような人間は、飛滝が決して好きになれないタイプの人間だからだ。

天才子役だった時代から、飛滝は彼等が裏で汚い策略を行っているのを間近に見てきた筈だ。

笑顔で向き合っていたのに、くるっと踵《きびす》を返した途端に、ちっと舌打ちをして不快感を露《あら》わにする。そんな人間の二面性溢れた姿ばかり見ていた飛滝にとって、音彦の単純とも思える正直さが、新鮮に映ったのかもしれない。

だから愛された。

そう思うのは、音彦の勝手な解釈だろうか。

「監督の木村《きむら》君。若いが有望だよ」

上月はまず自分の横にいる男を先に紹介した。

「お名前はよく存じ上げております」

そこで音彦は、木村が撮っていた深夜枠のドラマの感想を早速口にした。すると木村はすぐに笑顔を浮かべた。

「あんなマニアックな番組、よく観てたねぇ」

木村は着ているものもセンスがいい。髪は短く刈られ、眼鏡は洒落《しやれ》ていた。シルバーリングをしている指先は綺麗で、美意識のある男だと思える。話しぶりも落ち着いていた。

音彦は少しほっとした。

飛滝と同じような天才肌でも、桐生のように壊れた心の持ち主とは、仕事では二度と組みたくはない。仕事だけで手一杯なのに、監督のご機嫌取りをさせられて、現場で毎日顔色を窺うなんて真っ平だった。

会食は和やかにスタートした。

他局の番組の悪口や、売れっ子タレントの噂話など、どこの局の人間でもしそうな話が出たが、不快に思うほどではなかった。景気が悪いせいでスポンサー離れが目立つとか、海外の映画の話題など、興味の持てる話題も出る。

彼等は常識溢れた大人なんだなと、音彦は素直に感心する。こういった大人感覚を持った人間とだったら仕事をしてもいいと思い始めた頃に、上月はさらりと口にした。

「児玉プロデューサーがね。『慟哭』を観てから、すっかり君のファンになっちまって。これが一応原作の本なんだけど、どうしても君でやりたいって言うんだよ」

「ありがとうございます」

音彦は丁寧に頭を下げて、差し出された本を受け取った。

小説は苦手だ。ベストセラーでもあまり読まない。元々が映像派で、本を読むタイプの人間ではなかった。ああこれなら読んだことありますくらい、たとえ嘘《うそ》でも言えればいいのだろうが、生憎《あいにく》と音彦には、そういった知恵は働かない。

「あ、あれっ」

てっきり小説なのだと思っていた音彦は、出されたのが青年向けコミックだと知って驚いた。それだったら読んだことがある。刑事物だった筈だ。

「これでしたら…読んだことありますが」

マザコンで弱々しい男が、一念発起して刑事になる物語だ。最初は人がいいだけの主人公は、様々な事件を経験していくうちに、男らしく、強くなっていく。

そこが弱々しい現代の若者に受けたのだろうか。原作は音彦がコミックを買う程にはヒットしていた。

上月はにやにやしながら、音彦の反応を窺っている。どうだ、おいしい話で驚いただろうと言いたげだ。

これをドラマ化するとしたら、最初の一本は二時間の特別枠で放映したとしても、続けてゴールデンタイムの連続ドラマ枠に移行する可能性が大きかった。

ヒット作のない俳優にとって、かなりおいしい話ではあるだろう。

「スポンサーは、君が今度からCMに出る、平成製粉が真っ先に名乗りを上げた。どう思う、篁君。チャンスってものは、どこにでも転がってはいないよ」

平静な音彦に比べて、同席している高橋の方が今にも倒れそうだ。しきりにおしぼりで、額の汗を拭《ぬぐ》っている。

「ただし…条件が一つある」

やはりなと、音彦は頷《うなず》いた。

いつだってそうそう簡単に、物事は進まない。そういったことを何度も経験して、人は大人になっていくのだろうが、やはりその言葉が出る度に緊張してしまう。

上月は何を言い出すつもりだろう。音彦は構えて待った。

「条件というのは…」

上月はそこでわざともったいぶって、煙草《たばこ》にゆっくりと火を点《つ》けた。

「飛滝惣三郎。二時間の特別枠で、君の相手役ゲストに彼を使いたい」

音彦は息を呑《の》んだ。

つい数ヶ月前は、夢に見ていたのがこれだっただろう。

映画の主役級。テレビコマーシャルの仕事。そしてどうせドラマに出るのなら、特別ドラマか連ドラ。俳優がステップアップしていく上での、王道といえば王道だ。

目の前においしい餌《えさ》がぶら下がっているというのに、音彦は、はいっ、やらせていただきますと、素直に頭が下げられない。

相手役がまたしても飛滝惣三郎。ただし今回は、音彦が主役だ。

真っ先に音彦の脳裏に浮かんだのは、相手が飛滝惣三郎だったら、主役の自分は軽く喰《く》われるという思いだった。どんな名演技をしてみせたところで、飛滝の存在感の前では霞《かす》んでしまうだろう。

せっかく摑んだ主役だというのに、それでいいのだろうか。

「飛滝さんの役は、どういった役でしょうか」

尋ねる声の、語尾が震えた。

原作を読んでいた筈なのに、どうしても思い出せない。飛滝の名前がここでも出て来て、思いの外狼狽《うろた》えてしまったせいだろうか。

「最初の頃の話、このコミックだったら三話目に出てくるだろう。あの話を中心にやりたいんだよ。例のほら、殺し屋を追いつめる話さ」

音彦は急いで原作のコミックをぱらぱらと開いた。

絵を見ると、記憶はどんどん蘇《よみがえ》る。

「これは…」

冷酷な殺し屋の絵はすぐに見つかった。

スーツ姿の色男だ。一見したところではヤクザの幹部程度にしか見えないこの男が、実は政治家を殺していた犯人だと判明する。裏で政治家が絡んでいるから、誰もが危険覚悟での逮捕を躊躇《ためら》う中、主人公は捨て身になってその男を追いつめていくという、シリーズの中でもハードな一話だった。

熱血新人刑事がどんなに頑張ったって、現実ではこんな大物を逮捕なんてほとんど不可能に近い。ドラマだからこその奇跡が起こって、視聴者は正義の勝利に酔いしれるのだ。

なるほど、二時間ドラマに仕立てるのに、これほど相応《ふさわ》しい一作はないように思えた。

しかしこんな殺し屋の役を飛滝にやらせたら、それこそはまり役だろう。音彦がどんなに頑張って新人刑事を演じても、飛滝の演技の前では見劣りしてしまうのは明らかだった。

「飛滝さんは…最近はテレビには出られないとうかがってますが」

「うん、それは知ってる」

上月はまだ余裕がある。その顔には何か知っている風情があって、音彦は思わず緊張してしまった。

あまりにもガードが甘かっただろうか。

飛滝が定宿にしているホテルに、音彦が通っていたことは、既に業界関係者の知るところとなったのか。だとしたらそれをネタに、半ば脅しのようにしてこの役を飛滝にやらせるつもりなのだとしたら。

「知ってるがね。君の頼みとなったら、飛滝惣三郎も受けるんじゃないか？　何でも君は、あの飛滝とずいぶん親しいそうじゃないか。俳優仲間ともほとんど付き合いのない飛滝にしては、珍しいってことだが」

本当にその程度の認識で、音彦に頼んでいるとは思えない。

音彦はじっと上月と木村の顔色を窺い、どこまで知っているのか探ろうとしたが無駄だった。すんなりと自分の手中の玉を見せつけるようなやつらではない。彼等は巧みに隠し玉を手にして、音彦に無言の揺さぶりをかけてくる。

「あまりにも急なお話で、すぐにはお返事出来ません。飛滝さんのご意向もうかがわないとい

けないですし」

音彦は咄嗟に逃げを打った。

「そうだな。我々からも飛滝君に連絡は入れているんだが、どうやら今は海外にいるらしいね。何の返事もなくて、困ってるんだよ」

さらっと上月は言ったが、音彦に声をかけたのが後だったことは、これで明らかだった。主役をくれるといっても、やはり軽んじられている。脇役の飛滝の方に、先にオファーを入れたのだ。

そのことで腹を立てるほど音彦は傲慢な男ではなかったが、やはり自分の小物ぶりを突きつけられたようで悲しかった。

自宅まで音彦《おとひこ》を送ってくれた高橋《たかはし》は、車を降りようとする音彦の背中に、励ますようにして声を掛けてきた。

「篁《たかむら》さん、これはチャンスなんですからね。じっくりと今夜一晩考えて、いい返事をしてくださいよ。自分に自信を持たないでどうするんです」

「すいません、高橋さん。あんまりいっぺんに色々なこと言われて…動揺してるみたいだ。一晩、ゆっくりと考えますから」

一人で結論は出せない。

なのに飛滝が今はいない。

高橋の車のテールランプを見送りながら、音彦は習慣になっている郵便ボックスにキーを差し込む動作を無意識のうちにやっていた。

どうせ入っているのは、ダイレクトメールの類ばかりだろう。たいした期待もなく、ほとんど事務的にボックスを開いた音彦は、そこに真っ白な封筒が一つ差し込まれているのを発見した。

「あれ…」

篁音彦様と、達筆で名前だけが書かれている。手にすると中にある堅いものが、封筒の紙越しに指先に触れた。

急いで封筒を開き、中身を確認してみる。

鍵《かぎ》が一つだけ入っていた。他には何もない。

「もしかして…飛滝《ひたき》さんが来たんだ」

音彦は道路に飛び出し、まだその辺りに飛滝がいないかと探した。だがどこにも、長身の男の影はない。

この鍵がどこの鍵かは、教えられなくてももうわかっている。

麻布《あざぶ》のお化け屋敷。いや、今は新しい建物になってしまった、飛滝の家だ。

音彦はそのまま道路に飛び出し、表通りでタクシーを拾った。代官山《だいかんやま》の音彦のマンションからだと、十五分もすれば辿《たど》り着く。飛滝がどこかにまた消えてしまわないことを祈りながら、わざと飛滝の家から少し離れた場所でタクシーを降り、歩いて飛滝の家に向かった。

お化け屋敷と呼ばれていた家は、外の塀《へい》からしてすっかり様変わりしていた。これまでよりも高い塀がぐるりと周囲を取り囲み、セキュリティシステムなのか、所々にビデオカメラが設置されている。

門の扉にも隙間《すきま》はなく、鋳造された鉄製の重たい門はぴたっと閉ざされていて、中の様子を窺《うかが》うことは不可能だった。

飛滝はついに城を構えたのだ。規模は小さくとも、ここは飛滝が隠れ住むのに相応《ふさわ》しい城《じょう》塞《さい》なのだろう。

音彦は高鳴る胸を押さえて、インターフォンを鳴らした。すると門が自動的に開き、ライトアップされた綺麗な庭から、玄関までのエントランスが一望出来た。

「へぇー、本当にモデル住宅みたいだ」

音彦が入ると、またもや門は自動的に閉ざされる。

ここが本当にあのお化け屋敷のあった場所かと、音彦は改めて周囲を見回した。

歩くことも出来ないほど生い茂っていた雑草はなくなり、エントランスまでは石畳が敷き詰められている。その周囲には、白い玉砂利があって、雨の日でも泥で足下を汚す恐れはまずなさそうだった。

大きな玄関ドアの前に立つ。

この向こうに飛滝がいる。別れてから十日しか経っていないというのに、何年も捨て置かれていたかのように、音彦は激しい飢えを感じていた。

「来たね…。ようこそ、君が初めての正式な訪問者だ」

ドアが内側から開かれ、そこに飛滝が音彦を出迎えていた。

ベージュの薄手のニットセーターを素肌にまとい、ツイードのズボンを穿《は》いている。ラフなスタイルもとてもよく似合っていて、音彦は頬《ほお》が意味もなく染まるのを感じた。

今夜の飛滝はどうしたのだろう。ホテルにいた時の飛滝と、また今日の雰囲気はがらっと違っている。疲れたビジネスマンはなりをひそめ、この家に相応しいゴージャスな雰囲気の男がそこにいた。

「お祝い、何にも持ってきてないんだ。シャンパンでも持ってくればよかったね。ごめんなさい。気が利かなくて…」

「お祝い？　音彦が来てくれたじゃないか。それ以上に、どんなお祝いが必要なんだ」

外国映画の男達のように、音彦の額に自然な形でキスすると、飛滝はにっこりと微笑《ほほえ》む。ぼうっとしたところは影を潜め、音彦がもっとも好きな優しい飛滝の姿がそこにあった。

「部屋履きに履き替えて…。赤っぽいのが音彦のだ」

そういう飛滝は、黒い部屋履きを履いている。革製の上質なもので、履いた感じがとても心地いい。こんなところにも音彦は、いつもと違う飛滝のセンスのよさを感じた。

「凄《すご》いな。まるでモデル住宅みたいだ」

「まだ誰も住んでいないからさ」

初めて共演した時、桐生《きりゅう》によって与えられた部屋も、入ったばかりの時はこんな感じがした。

生活臭がどこにも染みこんでいなくて、建材の匂いばかりが鼻につく。新築住宅独特の雰囲気といえばいいだろうか。

これが数日もするうち、二人で食べた食事の匂いや、毎日飲む珈琲《コーヒー》、それぞれの使うコロンや整髪料の香りまでないまぜになって、その家独特の匂いを漂わせるようになるのだ。

「飛滝さん、帰ってきたんなら、電話してくれればいいのに…。鍵に気が付かなかったら、一日損するとこだった」

音彦は前を行く飛滝の背中を摑《つか》み、拗《す》ねたように言った。

「気が付かない筈《はず》がないだろ。音彦は帰ると、必ずポストを点検するんだから」

飛滝を音彦の家に招待したのは、たった二度だけだ。なのに飛滝には、音彦の癖があっさりと読まれてしまっている。

「一階はリビングにダイニング。それと客間と映写室を兼ねたオーディオルーム。どう？」

ドアが開かれ、主の飛滝はお先にどうぞと音彦を行かせた。

「あれぇ、凄いな…」

リビングとダイニングの境目には、巨大な水槽が置かれている。海草がゆらゆらと揺れていて、酸素も間断なく送られていたが、肝心の魚の姿は一匹もなかった。

「ここで金魚を飼うつもり？　まさかね」

「そのまさかだ。金魚二匹には、少し大きすぎたかな」

「…いいんじゃない。水槽で毎日かくれんぼが出来るよ」

そう答えたものの、ここまで完璧《かんぺき》な部屋に金魚は相応しくないように思える。金魚達だって、いきなりこんな住処《すみか》を与えられたら戸惑うだろう。

リビングは一段低いつくりになっていた。キッチンはドアで仕切られていたが、かなりの広さだ。テレビのセットのように、ぴかぴかの鍋が棚から下がっているのを見て、音彦はため息を漏らした。

「ここで簡単パスタを出したら、全然、似合わないだろうな」

「どう？　気に入ったかい」

「気に入ったけど…どこも俺から見たら広すぎるかな」

金魚が感じるだろう戸惑いを、音彦も感じている。あまりに広すぎ、綺麗すぎて、そこに自分の姿を重ねてイメージするのは難しかった。

「二階の寝室は、日当たりもいいし、風通しもいい。バスルームもかなり広くしてある。それでもまだ何か足りないのか」

飛滝は少し困ったような顔をした。音彦が思ったよりも感激してくれなかったからだ。

「家の中で、一日中飛滝さんを探すことにならなきゃいいんだけど」

ホテルの部屋はよかった。探すほどの広さがなかったからだ。だがホテルでは二人で料理をしたりは出来ない。親密度を増すためには必要な楽しいことが出来ないというのも、それはそれで悲しいものがある。

最初に二人が閉じこめられたマンションが、今となっては懐かしい。けれどあれは映画の世界だけのことで、このゴージャスな家こそが本来の飛滝に相応しいものなのだ。

「二階に行こう」

飛滝は階段を示す。音彦はまたもや先に立って歩きながら、飛滝が十日間もどこに行っていたのか、いつ聞き出そうかと考えていた。

テレビドラマの話もしないといけない。これからのこととか、話したいことは山ほどあるのだが、せっかく音彦を喜ばせようとしてくれた飛滝の気持ちに、水を差すようで今はまだ口に出来ない。

「ここも…広いね」

二階に上がると、最初はオープンスペースになっていて、ジムに置いてあるようなマシーンが二台並んでいた。壁面にテレビが取り付けられているから、ジムワークをしながら観られるようになっているのだろう。

「あれ…」

奥に進むと、二階にも小さなキッチンがあった。二人用のダイニングテーブルもあって、使い勝手がよさそうだ。

「何だ、そういうことか。これだとあんまり一階は、用がなさそうだな」

二人の密度を高く保てる空間がある。

音彦はほっとしていた。

「いいね。二階だけで、十分に暮らしていけそう。ここは何?」

音彦はドアを開く。すると何もない部屋が目に入った。

「君にもプライベートルームが必要だろ?」

「…そうだね」

十畳程の洋室で、壁面はすべてクローゼットになっているようだ。電話のジャックも、テレビアンテナの接続も完備されていて、今暮らしているワンルームマンションより広いくらいだった。

だが生活のすべてを、ここに移動してしまっていいものだろうか。

一緒に暮らしたいと言い出したのは音彦なのに、ここにきて迷いが生じている。

これまでは注目度もない無名の俳優だった。音彦がどこで誰と暮らそうと、気にされることもなかったのだ。

だがもし成功してしまったら、俄然《がぜん》注目度は上がる。飛滝と同棲《どうせい》していることが発覚したら、日々怯《おび》えて暮らさないといけなくなるのだろうか。

成功の甘い誘惑が、音彦の心を少しずつ蝕《むしば》み始めていた。

音彦は自分の心の迷いを振り切るために、飛滝の腕を握った。

「次は、当然寝室とバスルームだよね。あれ、こっちは？」

弾んだ声を出して奥まった部屋のドアを開いた音彦は、開けてしまったことを後悔した。

どうやら見てはいけないものを、見てしまったようだ。

ほとんどの部屋が、最新式のもので囲まれているこの家で、そこだけはタイムスリップしたかのようになっている。

八畳ほどの畳の部屋で、古びた鏡台がぽつんと置かれていた。その前には紫の大振りの座布団が敷かれている。壁には様々な写真を集めてコラージュにしたものや、大きなポスター、それに古き時代のサイン入りブロマイドなどが飾られていた。

閉ざされた部屋は、新しい畳の匂いがこもっている。それに微《かす》かに混じって匂うのは、化粧品の甘ったるい匂いだった。

「母の遺品だ。写真のほとんどは…多分、父だった男のだと思う…」

「ごめんなさい…勝手に開けるんじゃなかった…」

何もかも新しくしたからといって、すべてを捨てたわけではない。この部屋には、未だに飛滝に取り憑《つ》いている、偉大な母親の形見が遺《のこ》されていた。

数え切れないほどの写真は、まだスクリーンが特別の輝きを持っていて、スターと呼ばれる人達がいた時代に、美男俳優として一世を風靡《ふうび》した男のものだった。

この男が飛滝の父親ではないかと、音彦も疑っていた人物だ。顔立ちや姿勢のよさは、飛滝と驚くほどよく似ている。ただ大きく違っているのは、何とも言えない愛嬌《あいきょう》と色気があって、スターらしい華やいだ雰囲気を身につけていることだろう。

「母は、今で言う追っかけ？　ほとんどストーカーか…。そんなことをずっとやってたんだよ。金持ちの家のお嬢様で、プライドの高い女だったから、たかが役者風情が自分を選ばないということが、素直に受け入れられなかったんだろうな」

たくさん写真が飾られているのに、肝心の母親の写真が一枚もないことに音彦は気が付いた。既に亡くなっているのだから、一人っ子の飛滝だったら当然仏壇もある筈だろう。それすら見あたらないことに気づいて、音彦は慎重に室内を見回した。

「お母さんの遺影は飾らないの？」

「仏壇は…あの開きの中に収まってる。笑わないでくれ…。自分で開けるのが怖いんだ」

飛滝の言葉に、思わず音彦は振り返った。

本音を曝《さら》している、飛滝の顔が見たかったのだ。

けれど飛滝の顔には、ほとんど表情がなかった。視線も畳に向けられたままだ。

表情を作っていない。ありのままの素顔を曝している。そう思ったら愛《いと》しさが溢《あふ》れてきて、音彦は飛滝の胸に体を預けていた。

「いいよ…俺が仏壇の掃除くらいはしてあげるから…安心して」

「しなくていい。そんなことは、優秀な清掃業者がやってくれるさ」

その部屋にはもう用がないというように、飛滝はさっさと閉めてしまった。

やはり過去には触れて欲しくないのだろう。

何となく気まずい。音彦は暗くなった雰囲気を吹き飛ばそうと、バスルームに直行した。

「広いな。これなら二人でゆっくり入れる。飛滝さん。記念すべき、最初のバスタイムだ。ね、二人で入ろうよ」

バスルームの入り口、洗面所というよりパウダールームと呼ぶのが相応しい区画からは、寝室にも広々としたクローゼットにも行けるようになっている。

音彦は子供のようにはしゃいで、部屋と部屋の間を走り回っていた。

「飛滝さーん。旅行中はどうだった。あのビデオ、少しは役にたった？」

ジャケットを脱いで、床に放り投げた。細身のパンツは、じっとしていないと脱ぎづらい。

ではその前にシャツだと、走りながらシャツのボタンを外した。

「嬉《うれ》しそうだな…」

「嬉しいよ。最初はこんな広い家で、どうすんだろと思ったけど、この二階は気に入った。何か、人が暮らす家って感じだよ。もう何も悩まなくていいんだ。ここにいれば、飛滝さんは帰ってくる」

そうだ。ここで待っていれば、どこに行っていても飛滝は帰ってくる。そう思って安心したい気持ちと同じだけ、自分は果たしてここに毎日帰れるのだろうかと、不安が湧き上がる。

「音彦…」

細身のパンツを苦労して脱ごうとしていたら、飛滝がすぐ近くに立っていた。

「無理しなくっていいんだ。家を建てたからって、どうしても君が引っ越してくる必要はない。これまでホテルの部屋を訪ねてくれたように、気が向いたら来てくれるだけでもいい…」

それが飛滝の本音だろうか。

だとしたらあまりにも悲しい本音だ。

こんな家まで建てたんだから、毎日ここに帰って来いくらい、強気な言葉を言って欲しい。

音彦は飛滝に抱き付いていくしかなかった。

「飛滝さん…弱気だね。俺は飛滝さんを追いかけるばっかりだから、何にも考えてなかったけど、もしかして迷惑？」

「迷惑だと思ってたら、最初っから君の意向を取り入れて、家なんて建てない。そうだろ」

「だったらスタートから、そういう台詞《せりふ》はなしにしようよ。もちろん飛滝さんが一人になりたい時は、そう言ってくれていい。俺の方が、その時は遠慮するから」

相手のことを思いやる、それが恋愛の基本だ。そのせいで心にもない言葉の応酬になっているのだろうか。お互いに相手に対して、妙な気遣いばかりしている。

「もうよそうよ。最初っから、変に遠慮ばっかりしてる。もっと大事なことがあったじゃない。それを…忘れてる」

音彦は顔を上げて、飛滝の目を真っ直ぐに見つめた。

「飛滝さんが好きだから、ここにいるのに…」

「忘れてたわけじゃない。音彦が思い出してくれるのを、待ってただけだ」

飛滝は優しいキスをしてきた。ほとんど触れるだけの優しいキスによって、音彦の中で忘れられていたものの扉が一気に開いていた。

「ビデオなんかより、本物の方がずっといいだろう？」

今度は音彦の方から、積極的なキスをしていった。

悩みを解決する方法として、これは何より手っ取り早い。相手の体温を間近に感じ、全身でその肌と触れ合えば、それ以上何も求めなくていいような気持ちになってくる。

「何か俺達って、恋愛が下手だよね。ドラマみたいに粋《いき》にやれない」

「音彦がそうしたいなら、最高の恋人になってみせようか」

「いやだ。それが本物の飛滝さんじゃなかったら意味ない。演じてるだけなら…今の不器用な俺達のままの方がずっといい」

飛滝がその気になったら、最高の男を演じるなんていとも容易《たやす》い筈だ。音彦の方が恥ずかしくなるくらいの、恋愛の巧者《こうしゃ》になるくらい難なくやってのけるだろう。

けれどそれでは本物の飛滝を手に入れたことにはならない。

「ね…体、洗って…」

音彦は甘えてみせる。

猫のように体をすり寄せて、久しぶりに思う存分飛滝を感じていた。

もっと素肌で感じたい。既に興奮し始めたその部分は、飛滝を求めていた。ただでさえきつい細身のパンツのせいで、痛いくらいになっている。

「駄目だよ。今夜は一人で入ってくれ」

「何で…久しぶりに会うのに…冷たいんだから」

思いっきり駄々でもこねてやろうかと思ったが、それではあまりにも子供じみてしまう。音彦は飛滝の肩に、額をこつんこつんと打ち付けていた。

「どうして、一緒に入ってくれないんだよ」

「もう来ないと思ったから、先に入ってしまったんだ。寝室で待ってるから…早く入っておいで…」

甘い囁《ささや》きに、音彦は納得するしかなかった。

広い浴槽に一人で入ったが、気持ちは何となく晴れない。

もっと甘い再会を予想していたのに、今夜の飛滝はどこかよそよそしく感じられる。

「本当は誰かと浮気してたのかな」

疑いだしたらきりがない。外国に行っていたというけれど、成田《なりた》まで送った訳ではないのだ。飛滝が不在の間、どこで何をしていたのかは、全く謎《なぞ》のままだった。

なぜ自分に話してくれないのだろうと、じりじりしていてもしょうがない。思い切って尋ねればいいのだろうが、恐ろしい告白など聞かされることになったらたまらない。それならいっそ、おとなしく言われた通りにしていた方が楽だった。

欲望に後押しされるように、音彦は急いで体を洗った。ジャグジー付きの豪華なバスタブも、観葉植物をさりげなく配置したバスルームのインテリアも、愉《たの》しむ余裕はなかった。

バスルームの壁には、ナチュラルコットンで出来たバスローブが二つ、仲良くかけられている。だが音彦はそんなものには目もくれず、裸のままで堂々と寝室に入っていった。

寝室の中は薄暗い。すでに灯りはすべて消され、ベッドサイドのテーブルにいい匂いをさせるアロマキャンドルが一つ置かれているだけだ。

音彦が室内に入っていくと、窓も閉ざされているせいで澱《よど》んだ空気が微かに動き、つられてアロマキャンドルの炎もゆらゆらと揺れた。

飛滝はもう裸になって、枕を背中にあててベッドの中に座っている。

炎が揺れるたびに、その顔は様々な陰影に彩られて、どんな表情をしているのかはっきりと掴むのは難しい。

「ドアを閉めて」

抑揚のない声が、音彦に命じた。

「…うん…」

バスルームと廊下に続く二つのドアは、ぴったりと閉ざされてしまった。部屋は防音装置が施されてでもいるのか、何の音も聞こえなくなる。通りを走る車の音や、近隣の家から流れてくる音楽の旋律などは、この部屋には全く届くことはない。

「おいで」

招かれるまま、音彦はベッドの中に入った。

「アロマキャンドル？　こういう演出もいいね」

どこから買ってきたのだろう。出かけた先の国のお土産《みやげ》なのだろうか。ハーブを練り込んだキャンドルは、香とはまた違った趣があった。

「…そうだな。だがもっと楽しい演出もあるよ」

飛滝はキャンドルに顔を近づけると、息を吹きかけて一気に消してしまった。

何も見えない。

厚手のカーテンのせいなのか。

完全に閉じている、雨戸のせいなのか。

部屋は漆黒の闇《やみ》に包まれ、リネンのシーツの白ささえも、綺麗にかき消えてしまった。

「飛滝…さん」

手を伸ばして、横にいる飛滝を確認しなかったら、音彦はそこに誰もいないような不安を覚えないといけなくなっただろう。

「何で真っ暗になんて…。顔が…見えないよ」

「いいんだ…肌で俺を感じてくれればいい」

「肌…」

つるつるとした人肌の手触りだけが、飛滝だと確認する術《すべ》だというのか。

音彦は何も見えない目を見開いたまま、ゆっくりと覆い被《かぶ》さってくる飛滝の体を手で確認した。

指は肩に触れているようだ。指先を滑らせていくと、首筋がわかる。顎《あご》と耳が続いて感じられ、思ったよりも間近に飛滝の顔があるんだとわかった。

「これじゃ、顔がどこにあるのかわからない。キスも出来ないじゃないか」

「そんなことない。ほら…こうやって」

声で探り当てたのか、飛滝は巧みに音彦の唇を探し当て、そこに自分の唇を重ねてみせた。

言葉までなくなると、荒い息づかいでしかお互いの意志を伝え合う手だてはない。それだけでは足りなくて、音彦の手は飛滝の背中を流離《さすら》いつつ、確認するように肩胛骨《けんこうこつ》をなぞっていた。

やはりこの体は飛滝だ。

目には見えなくても、指先が体つきをしっかりと記憶している。

肩は張っているのに、腹部は引き締まっていた。腕はそれほど力強そうではない。そう記憶していたのに、音彦の指先には、意外に堅い飛滝の筋肉が感じられた。

「飛滝さん…暗くしたのには、何か意味があるの？　俺の顔、見飽きた？」

飛滝の唇から巧みに顔を逸《そ》らして、音彦は思わず恨みがましく言ってしまった。

「そんな泣き言を言ってられるのも、今のうちだけだ」

甘い響きのある声には、心なし淫靡《いんび》な響きが混じっている。普段の飛滝の声は、もう少し穏やかで丁寧なイントネーションだ。それがいつになくねっとりした感じに聞こえて、音彦は再び激しい欲望を感じた。

飛滝のそこがどうなっているのか知りたい。

腕を前に回して、その胸にまず触れた。張りのある筋肉に覆われた胸には、小さな乳首があって、興奮しているせいか指先にはずいぶんと堅く感じられる。試しに指先で軽く円を描くようにして転がしてみたら、飛滝の体が僅《わず》かに身じろぎした。

感じているのだろうか。

だったらもっと感じさせたいと、音彦は無理に体を移動させて、飛滝の胸に吸い付いていった。

闇には思った以上の効果があると、その時音彦は悟った。

灯りのあるところでは決して出来ないような大胆なことをしても、不思議と羞恥心《しゅうちしん》が起こらない。自分から飛滝の体に積極的な愛撫《あいぶ》を施すなんて、これまでの音彦にはあまり出来なかったことが、闇の力で苦もなく行える。

「好きだ…大好きだよ」

照れてしまうような言葉だって、何の遠慮もなく口にすることが出来るではないか。

「飛滝さん…好きなんだ」

飛滝の体に唇を押し当てながら、音彦は囁く。

言葉には命があるからこそ、俳優は舞台でのたった一言の台詞にも、全霊を込めて口にするのだ。音彦の魂の籠《こ》もった一言、一言を聞いているだろうに、なぜ飛滝は何も答えないのだろう。ただ優しく音彦の体を撫《な》でるだけで、お返しの甘い言葉は聞こえては来ない。

飛滝ほどの男だったら、咄嗟《とっさ》のアドリブでどんな言葉だって言える筈だ。時には原作をすら超えてしまうような行動だって取れる男が、たった一言や二言の愛の言葉を出し惜しみするなんて考えられない。

不安が闇よりも濃く拡がる。

こうして互いの体に触れ合っていても、不安は拭《ぬぐ》いきれないものなのだろうか。

素肌に時折当たる、はっきりそれとわかる男の欲望の印。互いに興奮していると伝えることは出来ても、深い愛情の結果だとは言い切れない。人間の生理の悲しさで、愛情なんて不確かなものなんてなくても、性的に興奮することは簡単に出来るのだから。

「飛滝さん、ね、俺のこと、少しは好き？　どうして俺を抱いたんだよ。ねぇ、教えて、俺以外にだって、飛滝さんに抱かれたいと思うやつはいっぱいいるだろ？　何で…」

答えはない。

今夜の飛滝は、あくまでも音と視界を遮った世界で、音彦と抱き合いたいと思っているようだ。

だったら言葉でなく行為で愛情を示せばいい。そう思った音彦は、いつになく大胆になって、飛滝のものを積極的に口に含んでいた。

すると飛滝の顔が音彦の腹に当たった。

互いの体の位置がずれている。こういった体勢になったら、一番相応しい行為は一つしかない。口で相手を喜ばせながら、自分もまた同じことをされて楽しむ。セックスが生殖目的だけだったら、ほとんど意味のない行為だった。

「あっ…駄目だよ。それ駄目。一人でもあんまりしてない。溜まってんだ。そんなのされたら、すぐにいっちまうから」

腹に優しく触れていた唇が、そこの周囲にまで降りてきて、音彦は早々にリタイア宣言をしてしまった。

飛滝の動きも止まる。言われた通りに止めたのかとも思ったが、そうではないらしい。すべての動きを止めてしまった飛滝は、音彦がまた同じ行為を再開するのを、ひたすら待っているようにも思える。

興奮しているのはどちらも一緒だ。

音彦はすぐにでも次の行為に移って構わないのに、飛滝の方がそれを許してくれない。真っ暗で顔の表情も見えず、言葉も聞こえなくて不安だった。だが今となっては、飛滝が無言のうちに示す僅かの動作で、何を伝えたいのかがわかるようになっている。

飛滝は音彦に何を教えたかったのだろう。

肉体を様々に動かし、言葉を駆使して、別の人間を演じるのが俳優だ。本当の俳優だったら、一切言葉に頼らず、肉体だけで自分の感情を表してみろとでも伝えたいのだろうか。

それとも逆に、表情や言葉はいくらでも作れるが、肉体だけは嘘《うそ》をつかない。だからこそ今夜は、互いの肉体だけで真実を語り合おうと誘っているのか。

わからない。謎だらけだ。

答えをすぐに教えてくれるような親切を、飛滝がしてくれるとは思えない。音彦に唯一許されたのは、飛滝が用意した漆黒の舞台の上で、唇と手を動員して、直接飛滝の肉体に想いを伝えることしかないのだ。

「わかったよ、飛滝さん…。これって何？　テスト？　どれだけ飛滝さんを好きか、試されてるってことなんだよね。わかった…」

だったらする事は一つしかない。

音彦は稚拙《ちせつ》な口での行為を、再び再開した。

まずは手探りで飛滝のものを探り当てて、そこに顔を近づける。そして口に含んだ。飛滝のものは熱く、大きさも堅さも充分になっている。すぐにでもいってしまいたいのは同じだろうに、待てる余裕が飛滝にはある。

けれど音彦にはそんな余裕がない。今、自分が口にしてくれるものが与えてくれるだろう、もう一つの快楽も欲しくて、体は自然にうねりだして飛滝を誘っていた。

それでも飛滝がしてくれるのは、唇でのお返し行為だけだ。

もちろん男の体は、それだけでも充分に愉しめる。射精という終焉《しゅうえん》に向かって、体は内部でゆっくりと動きだし、そのうちに思考回路はずたずたに切り裂かれて、ただ出したいという牡《おす》の欲望だけが生き残る。

「ああ…あっ…あっ」

唇は仕事を放棄して、甘いため息を漏らしてしまう。それではいけないと気を引き締めて、続けようとしても力が出ない。

「好きだ…好きなんだよ」

だったらもっと続けろと言う様に、飛滝のものが音彦の頬に激しくぶつかった。

「あっ、ああっ、わかった、最後まで…そうだ、最後まで…」

何の約束もないのに、同時に果てるなんて可能だろうか。

いってしまった後の虚脱感に包まれてしまったら、こんな行為に没頭出来ない。だが飛滝は、先にいってしまうようなことは自分に許さないだろうと音彦は感じた。

こんな時にも自分を見失わない、大人の余裕を見せつけたい筈だ。

「飛滝さんだって、同じ男だ。見えるよ…飛滝さんが、今、どんな顔をしてるか」

漆黒の闇の中、逆に目を閉じた方が鮮やかに飛滝の顔が蘇《よみがえ》る。

行為の終盤、飛滝はいつも悲しそうな顔になるのだ。牡の喜びを明からさまに示すのではなくて、この幸せな時間が終わるのを惜しむかのように、切なげな顔をしてみせる。

音彦のように口を開いて叫びながら、明からさまに喜びを表したりはしない。いつだって眉間に小さな皺《しわ》を寄せて、苦しんでいるのか悲しんでいるのか、辛《つら》そうな顔をして行為を終えるのだ。

そんな飛滝の顔を見たくても、闇の中では見ようがない。だから心にその姿を思い浮かべて、音彦は思いきり飛滝のものを吸った。

「んっ…んっ、んんっ、も、も、駄目だ。ああっ…あっ」

やはり先に快感に負けたのは音彦だった。

愛されることになれた体は、一人では充分に愉しめない。そのせいで禁欲的な生活をしていたからだろう。若い肉体は素直に、自分がもっとも欲している最終地点に向かっていた。

飛滝の口を汚した。返礼のつもりで口に再び含んだ途端、音彦は口中に苦みのある液体が満たされたのを感じた。

飲み込むのは、もう苦ではない。

相手の何もかもを体の中に収めて、それでもまだ足りないのは、想いだけだった。

「飛滝さん…」

体をそろそろと移動して、飛滝の顔のある場所を探した。

高い鼻梁《びりょう》、しっかりとした顎の線。ハリウッドの美形俳優達と同じ、見事に口元が釣り上がった、おおぶりの口。

指で一つ、一つを確認していくが、笑った時だけにみせる小さな目元の皺までは、音彦の指先ではまだ捕らえきることが出来ない。

「愛してるんだ…。飛滝さんは？　俺のことどう思ってる？」

「……」

飛滝は答える代わりに、音彦の手を取ってそこに唇を押し当てた。

「まだ一度もお互いに、ちゃんと気持ちを伝え合ってなかったように思うんだけど…。それとも飛滝さん、俺が聞いてない時に、そんな台詞を口にした？」

だとしたら悔しい。行為の最中、夢中になっている時に、飛滝から愛しているなんて囁かれたのに、聞き逃すなんてあっただろうか。

「音彦は正直だ。一生懸命で…そのうえに素直なんだな」

やっと答えてくれた飛滝の声は、少し乱れている。全力疾走をした後に似て、行為の後はこんな風に息が乱れるものだが、飛滝も同じなのだと安心できて、こんな声を聞くと嬉しかった。

広い胸に手を伸ばして抱き付いた。飛滝の左側にいたせいか、分厚い胸の下で鳴っている飛滝の心臓の鼓動さえも、音彦の耳にはよく聞こえる。

「ドアがどこかも、もうわかんなくなっちゃった。トイレに行きたくなったら、どっちに行けばいいんだよ？　水を飲みたくなったら？　まさかないと思うけど、火事になったりしたら最悪だよね」

「電気のリモコンだったら、ベッドの枕元に挟んである。だがもうしばらくは、このままでいさせてくれ…」

「…いいけどさ。慣れればどうってことない。見えなくたって、飛滝さんはここにいる。それでいいや」

鼻孔をくすぐる飛滝の体臭。手に触れる胸の筋肉。音彦の髪を優しく撫でる指先。

画像は心に残らなくても、体で飛滝をしっかり記憶した。

「そうか…見なくても飛滝さんだってわかるのは…俺だけってことだ」

音彦は自分で呟《つぶや》いた一言で安心してしまった。

そうだ。日本中の誰もが、スクリーンやテレビで飛滝の姿を観ることが出来る。中にはその姿を偶然にも、間近に見られる人間もいるだろう。

けれどこうやって飛滝に触れ、その体温や体臭まで間近に感じられる人間はそういない。それは飛滝惣三郎の真実の姿であって、作られた虚像でも何でもない。

ありのままの飛滝の姿だった。

照れ屋なのか、それともそういった言葉は嫌いなのか、飛滝は素になった状態では、決して愛しているなんて口にはしてくれない。

ドラマの中では、何回と口にした言葉を、一番言って欲しいと願う音彦には聞かせないのだ。

その代わりに、こうして自分の心臓の音を聴かせる。

最初は少し速かったその音が、平静なリズムを取り戻し始めた。暗闇の中で、他人の心臓の音だけを聴いていると、不思議な安らぎを覚える。

それは遠い日に、母の胎内で聴いた音だろうか。

音彦はすっかり安心してしまい、飛滝の腕の中、いつか眠りに引き込まれていった。

物音がした。それで目を開いたのだろうが、視界には闇しか映らない。慌《あわ》てて隣に寝ている笘の飛滝の体を探したが、ベッドの端まで触っても、逞《たくま》しい長身は影も形もなくなっていた。

「ずるいよ…起きるんだったら、俺も起こしてくれればいいのに」

手探りで枕を探り当てた。その下を探っているうちに、指先が堅い物に触れた。多分リモコンだと思って、どこがどうだかもわからないままで、とりあえずスイッチを押してみた。

がくんと音がしたかと思うと、左右に何かが動き始めた。だが音を聴いてそう思うだけで、実際はどんな動きになっているのか確かめようもない。続けて別のボタンを押したらもっと大きな音がして、窓の外側にあった雨戸のシャッターが開き始めた。

「すげぇ…。何もかも電動式なんだ。停電したら最悪ってパターンだな」

シャッターが上がるとともに、目を射るほどに眩《まばゆ》い光が室内になだれ込んできた。

私達、光があったことをお忘れでしたかと自己主張するかのように、日差しはベージュのカーペットが敷き詰められた床を這《は》い、徐々にベッドの足を光らせ、やがて呆然《ぼうぜん》としている音彦の体にも注ぎ込む。

空中を浮遊する、僅かの埃《ほこり》さえも光らせる太陽の眩《まぶ》しい光が、音彦をゆっくりと侵す。

闇に慣れた目は、明るさに合わせて焦点を結ぶのも難しい。目の上に手をかざし、さらに目をも細めて、音彦は光のシャワーに自分の体が慣れるまで待った。

雨戸がすべて開き、カーテンも全開した部屋は、それまでの漆黒の闇だけに覆われていた部屋と一変していた。

すべてベージュと茶色で統一された、品のいい寝室だ。昨夜は色まで見ることもなかったベッドカバーは焦茶で、生成《きなり》のリネンのシーツと見事に調和している。

小さなデスクとチェア、それにソファも落ち着いた茶色で、観葉植物の緑だけが異なった色調を浮かび上がらせていた。

二人の男を眠らせたベッドには、愛し合った痕跡《こんせき》はない。どんなことをしたのか思い出して、音彦は再び羽毛の柔らかな掛け布団を頭から引き被った。

「起こしたか？」

優しい声に顔を出すと、飛滝が昨日はバスルームに吊《つる》されていたバスローブだけの姿で、トレイに乗せた何かを運んできたところだった。

「何？」

「朝食だよ。こういうのがしたかったんだろ」

ベッドの空いた場所に飛滝はトレイを置く。

オレンジジュースに紅茶、それに丸いパンとゆで卵、苺《いちご》が数粒乗っていた。

「よしてよ…こんなこと飛滝さんがやらなくても…」

ホテル暮らしの時は、ルームサービスに頼めばすぐに用意されたものだ。けれどメイドもいないこの家では、飛滝がやらなければ誰がやるのだろう。

以前共演した時の、偽りの共同生活が思い出されて、音彦の胸はきゅんと痛んだ。かりそめの同棲《どうせい》生活。兄と弟という役割があったけれど、あそこにあったのは本当の愛だったような気がする。なのに現実に戻ってもまた、同じように飛滝は音彦を愛してくれていて、こうして優しさを見せるのだろうか。

「あっちで一緒に食べてもいいのに…」

「何だ、気に入らないのか。君が言ったんだぞ」

「こんなことして欲しいって…言ったっけ」

そういえばそんな会話もあった気がする。ホテルで洋画のビデオを観ていた時に、優しい恋人がベッドに朝食を運んでくるシーンで、こんな男は理想的だとつい口走った。

けれどそれは、観ているだろう女性にとってという意味で言ったつもりだった。それを勘違いしたのか飛滝は、音彦のためにやっている。

おかしくもあり、嬉しくもある誤解だった。

「飛滝さんも一緒じゃなきゃやだな」

音彦はわざと甘えたように言ってみせた。

「ここで飛滝さんも一緒に食べて」

「いいよ…それじゃ…自分の分も持ってくる」

「そうだよ。そうでなくっちゃ」

真っ暗な部屋で、密度の濃いセックスをした後、安らかな眠りをプレゼントしてくれた。続けてこの夢のような朝食だ。

これが愛からではなくて、いったい何なのだろう。

突然の大物プロデューサーとの会食なんて、慣れないことをした後で、いつもより神経が苛《いら》立《だ》っていたと自分でも思う。そのせいで飛滝との同居を不安に思ったり、成功したいなんて欲に目が眩《くら》んだりしたのだ。

飛滝に比べて、自分は何てつまらない男なんだろうと、音彦は反省していた。

「音彦は甘えん坊だ…。そこが可愛《かわい》い」

飛滝は背筋を真っ直ぐに伸ばした、優雅な姿勢で再び部屋に入ってくる。その手には、同じトレイがもう一つ掲げられていた。

陽光が溢れる部屋の中は、素っ裸でいても寒さを感じない。むしろ裸でいるのが、こんなに心地いい部屋もないくらいだった。

「ねぇ、ずっとどこに行ってたの」

枕を背中に当てて座った格好で、音彦はついに一番気になっていたことを口にした。

「…ちゃんとした結果が出たら教える。それまでは…秘密だよ」

飛滝の答えはあっさりとしたものだ。

「そうか…結果待ち。まさかオーディション？」

飛滝だったらありえるだろう。それも国内の普通の映画やドラマではない。海外の映画だと、音彦は予想した。

「俺も新しい仕事のオファーがあったんだよ。かなり大きな話。飛滝さんにとっちゃ、そんなに大きくはないだろうけどさ」

少しいじけてみせたが、音彦はやはり若い。自分が認められたことを、どうしても誇りたくなってしまう。

「そうか…よかったじゃないか」

ベッドの端に座ってオレンジジュースを飲んでいた飛滝は、兄のような笑顔で呟《つぶや》いた。

「原作はコミックなんだけどね。熱血新人刑事物。二時間枠の特別ドラマだって」

「君に向いてる役だと思うが」

小さなポットに入った紅茶を注ぎながら、飛滝は満足そうだ。

「あー、このパン、うまい。ゴマがいい隠し味。飛滝さん、どこで買った？」

飛滝がパン屋で買い物をしたのかと思うと、想像するだけで笑いがこみ上げる。きっと何人かの女性客は、その後ろ姿を見ては何か言いたそうに口をもごもごさせていただろう。

「それも秘密…と、言いたいが、この家のすぐ近くだ。頼めば毎日、無料で配達もしてくれるそうだよ」

「すげぇな…さすが有名人」

「有名人？　俺が？　そんなことはない。この辺りの住人には、有名人がごろごろいるんだから。区長には以前、古い家の管理が悪いからって、何度かお叱《しか》りを受けたけどな」

そこでまた音彦は笑わないといけなくなった。

口うるさい年寄りに、頭ごなしに苦情を言われている飛滝の姿を想像すると笑える。

「音彦にはわかるかな。俺は…あまり学校に行っていない。出席率が悪くて、卒業ぎりぎりでどうにか通ったが、近所に学校時代の友達もいないんだ」

「うん、何となくだけどわかるよ…」

学校に行っても、出席率が悪いとみんなの仲間にうまく入っていけない。かといって仕事の世界に行けば、そこは大人の世界で子供のいる場所ではなかった。そんな子供時代を過ごした飛滝のことを思うと、可哀想《かわいそう》になってくる。

「君にはたくさん友達がいただろう。両親にも愛されて育った筈だ」

「どうしてそう思うんだろ」

「わかるさ。音彦は優しい。他人を思いやる心を持っている。それは…愛されて育った人間が持てる、素晴らしい財産だよ」

飛滝に言われると、すべての言葉が本物に聞こえた。音彦は泣きたいような気持ちになって、黙って苺を摘《つま》んだ。

紅茶を口に運びながら、飛滝はそんな音彦を見つめる。明るい光の中で改めて見ると、少し寂しげなその顔は、誰もの心を捕らえて離さない危うい魅力に溢れている。

飛滝と一度でも関わったら、ずっと自分の側にいて欲しいと願うようになるのは、こんな大人の男なのに、激しい保護欲を駆り立てられるせいかもしれなかった。

「でも飛滝さんは今、日本中で愛されてるよ。そのうち、世界中で愛されるようになるかもしれないね」

音彦は精一杯の優しい言葉を掛けていた。

すると飛滝はふっと微笑む。

目尻に微かに皺が寄っていた。

幸福な朝だった。これからもずっと、毎朝こんな幸福な場面が続けばいいと、音彦は本心から願った。

飛滝だってきっと同じだろう。ずっと魂の放浪を続けていた飛滝にとっては、初めての安定した生活の一端が、この朝の情景の中に垣間見えたのかもしれない。

だが裏切ったのは、飛滝ではなく音彦の方だった。

「そのドラマなんだけど…監督は木村《きむら》さん。若いけど、結構有名な監督だって言うんだ。飛滝さんはまだ仕事したことないよね」

「木村？　木村宗一《そういち》か」

「そうだよ。紹介してくれたのは、大日《だいにち》テレビの上月《こうづき》ディレクター。俺って勉強不足だったからさ、上月さんが連ドラヒット連発の大物だったなんて、後からマネージャーに聞いて知ったんだ」

ついべらべらと音彦は、昨夜の話をしてしまった。本来だったら他の俳優がやる筈だった役が、前作の『慟哭《どうこく》』の試写を観た児玉プロデューサーが、どうしても篁音彦を使えと無理強いした話まで打ち明けてしまった。

業界のことを知っている飛滝にだから話せるのだ。飛滝は私欲のほとんどないような男だから、音彦に幸運が降って湧いたことにたいしても、同業者のつまらない嫉妬《しっと》なんて決してしないと思えた。

「それでさ…。言いにくいんだけど、その時の相手役ゲストに…飛滝さんをって…指名なんだけど」

そこまで言ってしまってから、再び音彦の胸を暗い影が過《よ》ぎった。

恋人としての飛滝は最高だ。

昨夜からの飛滝は、音彦が望んだ通りの、大人の優しい男になっている。

だが一度ライバルになったら、飛滝は最強のライバルになる男でもあるのだ。

特別に演技の勉強をしたわけではない。キャリアだって三年しかない音彦が、どんなに頑張ってみたところで、飛滝の名演技の前では霞《かす》んでしまうのは分かり切っている。出来れば主役として華々しく注目されたい音彦としては、俳優の飛滝とはやりたくない。

けれど自分がプロデュースする立場になったら、やはり飛滝を使いたいと思うだろう。

映画の準主役一本だけが目立った新人では、視聴率を稼げるか不安だ。最近はテレビドラマにほとんど出ない飛滝が、たとえ客演でも出てくれれば、それなりの話題性は見込めるというのは分かる。

話題になれば、続けてシリーズ化の途《みち》も開けるのだ。音彦としては、ぜひシリーズの一本も持って、自分のキャリアにしていきたいという思いもあった。

それは俳優としての、音彦の正直な気持ちだ。飛滝に対して忠実な恋人でいたいと望む、もう一人の音彦にとっては、裏切り行為にも思えたが、やはり欲は誰にでもある。

「音彦は…まだ業界のことをあまり知らないんだろうな」

食べ終えた食器の乗ったトレイを、飛滝は片づけ始める。音彦は手伝おうとしたが、素っ裸なままだったので甘えることにした。

「そうなんだよ。知らないといろいろと恥をかくことになるんだろうな。マネージャーの高橋さんが、そこんとこはフォローしてくれてるんだけど」

飛滝としては、音彦との共演なんて嫌だろう。一度共演しているし、舞台挨拶《あいさつ》ではキスまでしてみせた。おかしな話題作りに利用される可能性だってある。断るのなら早々に断ってくれればいいんだと、音彦は半ば期待して飛滝の続く言葉を待った。

キッチンにトレイを下げた飛滝は、戻って来た時には煙草《たばこ》を銜《くわ》えていた。アクセサリーのように煙を纏《まと》う姿に、音彦はしばし見とれた。

「そうだな。君のマネージャーはいろいろと業界のことも知っているんだろうが、何をどれだけ音彦に伝えていいかも知っているようだ」

気になる言い方に音彦が眉を顰《ひそ》めると、飛滝は仕方ないというように口にした。

「木村は桐生の二年後輩で、ずっと桐生の下で助監督をやっていた男だ」

「えっ…」

誰が誰の助監督だったかなんてことまで、音彦は知らない。日本映画界の監督達が、どういった人脈を築いているかなんて、全く知らないことばかりだった。

「児玉プロデューサーに桐生は以前、大物女優を紹介してやった。紹介の意味が、ただの紹介じゃないってことくらい、音彦にだってわかるだろう」

「わかるけど…」

こんな時に桐生の名前なんて聞きたくはない。音彦を飛滝と引き合わせてくれたありがたい恩人でもあるが、桐生が飛滝に寄せる関心は、常軌を逸しているとしか思えなかったのだ。

「恐らく桐生は、木村と音彦、それに俺を三点セットで使うように、児玉プロデューサーに頼み込んだんだ」

「まさか裏で桐生監督が糸を引いてるってこと？　そんなのあり得ないよ…」

「あり得ないと思うか。だったら俺の役はどんな役だ」

「新人刑事が追ってる殺し屋…」

「で、その新人刑事は殺し屋と愛し合っているとでも？　そんな設定じゃないだろ。二人は敵対関係にある筈だ」

「それは…そうだけど」

　素肌でいても心地いい部屋は、急に陰ってきて寒くなったように感じられた。実際は陽光は部屋中に溢れ、濃い緑色をした観葉植物の葉を生き生きと輝かせている。窓いっぱいに拡がる空は真っ青で、時折過ぎる鳥達も忙しそうだった。

　なのに空気の中に冷たいものを感じるのは、二人の間に介入しようとする桐生の怨念《おんねん》のせいだろうか。

「桐生を甘くみない方がいい。あいつの陰湿さは天下一品だ」

　飛滝はオブジェのような灰皿に煙草の灰を落とすと、ため息まじりの煙を吐き出した。

「俺が役に入り込んだらどうなるか知っていて、わざと敵対する役をやらせようとしているんだ。俺達がそれで憎しみ合うようになるのが、桐生の狙《ねら》いさ」

「そんな…いくら桐生監督が変態だって、そこまでおかしなことは企《たくら》まないよ」

「桐生はテレビの監督はやらない主義だ。それに桐生がやるとなったら、俺は絶対に出ない。自分がメガホンを取れないから、代わりに木村を使わせるつもりなんだろう」

「ないって、そんなことはない。木村監督は最初から決まってた筈だよ。役者だけ急遽《きゅうきょ》変更ってことなんだよ」

「本人に確かめたのか？」

困った子だというように、飛滝は音彦を見つめた。

「決まってた俳優をキャンセルしたくらいだ。監督の交代もあり得るとは思わないか」

「ないとは言わないけどさ…」

音彦には桐生がそこまでやる理由がわからない。

桐生が飛滝に対して、特別な感情を抱いているのはわかる。だが桐生は音彦のように、素直に心も体も開いてみせるような真似《まね》は出来ない。

飛滝を自分のものにしたいと望みながら、手に入らないと知った桐生は、自分の作品で飛滝を追いつめることで満足するようになったのだろう。

桐生の監督作品二本に出演した飛滝は、音彦にはもう二度と桐生の作る映画には出ないと言ったが、この作品も結局は桐生の息のかかったものになってしまうのだろうか。それでは桐生を拒絶した意味がなくなってしまう。

「キャリアアップを願う俳優だったら、喜んで飛びつくおいしい話だ。実際にその役を音彦が手に入れたら、成功するのははっきりしている」

「成功なんて…するかどうかわからないよ。俺は…そんなにうまい役者じゃないし」

「だが特別下手《へた》な俳優でもない。強い個性が無い分、原作のキャラクターのイメージと合えば、うまく使えると制作者は読むだろう」

冷静に言われてしまうと、音彦としてはただ聞いているしかない。五歳でスクリーンデビューを果たしてから今日まで、誰もが名優と言う飛滝の言葉だからだ。

「それに音彦は、仕事を選べるような状況じゃない。売り出しの俳優にとっては、一本でも多く出演作があれば、それだけ露出度があがって名前も売れる。今はそういう状況だろう」

「飛滝さんには…何も説明しなくってもわかっちゃうんだな」

「昨夜の音彦は、変だった。本当はもっと早くに言いたかったんだろ?」

「……うん……」

小さく音彦は頷《うなず》いた。

飛滝は煙草を消すと、窓の側に寄って外に視線を向けている。バスローブを着ているだけなのに、その姿はとても絵になった。

同じ男なのに、何が違うのだろう。音彦は自分が三十になった時、ここまでの男になれるか自信がない。

「シャワー浴びてくる」

音彦はそれ以上飛滝に、自分の何もかもを分析されてしまうのが辛くて、バスルームに逃げ込んだ。

まずはトイレに行ってからシャワーを浴びて、続けて歯を磨く。すでに真新しい歯ブラシが用意されているのが、二人の新たな門出を祝福してくれているようで嬉しいのだが、それすらも生彩を欠いてしまった。

「俺が直接言わなくたって、どうせ事務所から連絡が入ってるよ」

鏡に向かって、音彦はぶつぶつと独り言を呟いた。

独り言を聞いている鏡の中の男は、似合わないバスローブを着ている。全く同じ物なのに、飛滝が着ると別の物のように様《さま》になっていた。

あんな大人の男になりたい。憧れの気持ちが恋になったのではなかったか。

大人のいい男なのに、迷子《まいご》の子供みたいな悲しみを心の奥底に隠していると知ったから、側にいてあげたいと思い始めたのではなかったか。

なのに今の音彦は、飛滝惣三郎という、決して越えられない大物俳優の存在に怯えている。愛している飛滝、いや飛田《とびだ》惣三郎という本名を持つ男ではなくて、もう一人の、今ではどちらが本当の名前なのかわからなくなるくらいに有名な、飛滝惣三郎に押し潰《つぶ》されそうになっていた。

「やーめた」

鏡に向かって、にこっと笑った。すると鏡の中の男は、若者らしい、とても明るいいい表情を浮かべた。

「一本当たりを引いたってさ。その先がないよ。俺ってその程度だもん。それ以上のラッキーなんてないんだから、最初っから予定されてたやつが、そのまんま飛滝惣三郎とやればいいんだよ」

簡単なことさと言う様に、音彦はにっこりと笑った。

「よしっ、こうなったら飛滝さんのマネージャーに立候補でもすっか」

愛に忠実な途を、音彦は選ぼうと思った。その方が自分に相応しい。

寝室に戻ると、何と部屋は再び闇に包まれていた。アロマキャンドルだけが照らす部屋は、外にあんなに陽光が溢れていることを綺麗に忘れ去ってしまったのか、そこだけ夜の世界に戻ってしまっている。

飛滝はすでに裸になって、ベッドの中にいた。

「飛滝さん、いつから暗いとこでしか燃えなくなったの」

「シャワー浴びたんだろ。だったら昨夜の続きを始めよう。音彦は疲れてたんだな。いつの間にか眠ってしまったから、残された俺は寂しかったよ」

「だって暗いんだもん。それだったら明るくしようよ。ホテルの時は明るくたって平気だったじゃないか。それとも見られて困るようなキスマークでもつけてる？」

「自分の目で確かめたらどうだ」

飛滝は羽毛布団を外して、見事な裸体を音彦に見せつけた。

「これから毎日、飛滝さんの顔を見ないでやらないといけないわけ？　それとも飛滝さんは、俺の顔なんて見たくないと思ってる？」

「その話はまた今度しよう…。音彦」

呼ばれたんだと思った音彦は、素直にベッドに這い上った。

飛滝の性癖が多少変わったのは、環境のせいだと思いたい。ホテルのように無機質な部屋だったら顔を曝しても燃えるのに、この新しい部屋では飛滝はその気になってはくれないらしい。

「音彦…君は仕事を引き受けるべきだ」

音彦がベッドに並んで横たわると、飛滝はまだ体を起こしたまま、煙草を銜えて考え深げに言った。

「いいよ、もう。桐生が絡んだ仕事なんかしたくない。俺達が苦しむように、わざと敵対させる役につかせるなんて最低だ」

「だが桐生の思惑に気が付かなかったままだったとしたらどうだ。音彦はその役をやりたかったんだろう」

「ううん…やりたくない。どうせ一本、まぐれで当たりを引いたって、次に成功する保証なんてどこにもない。俺は…そんなにうまくないんだから」

「強がりを言うなんて、馬鹿だな」

飛滝は煙草を消し、ついでにキャンドルも消した。

部屋にはもう色がない。黒という絶望的な色が、すべてを覆い隠してしまっている。

「音彦…」

飛滝の腕に優しく抱き取られた。すると音彦の中にそれまで閉じこめられていた感情が、一気に溢れかえってきて、悔し涙が一滴、ぽろりと飛滝の胸を濡《ぬ》らしていた。

「俺、自惚《うぬぼ》れてた。俺の演技が認められてのオファーだと舞い上がってたんだ。けど、そうじゃない。桐生のやつ…連続ドラマ化なんて、最初っからどうでもよかったんだよ。俺と飛滝さんが、役の上で憎み合って、現実でも憎み合えばいいと思っただけなんだ」

「そうだな…」

「悔しい。俺はいつだって、飛滝さんを釣る餌でしかないのかよっ。下手だけどさ。まともな演技一つ出来ないけどさ。馬鹿にしやがってっ」

「音彦、いいか、落ち着け」

飛滝は音彦を安心させるように、優しくその背中を撫でる。続けて額にキスしてくれて、頬にも優しくキスをしてくれた。

「落ち着くんだ…」

こんな時の飛滝は、いつかの兄のように優しい。音彦はその体に抱き付いて、触れられる場所すべてに顔を押しつける。

「もういい。役者なんてやめてやるさ。飛滝さん、俺をマネージャーにして。飛滝さんのために、一生懸命働くから」

「駄目だ。逃げることは、俺が許さない」

思ったよりも強い口調で叱られて、音彦はつい顔のある方向に目を向けてしまった。

「どうして…」

「俺のせいで逃げるのか」

「…それは…」

確かにそうだった。相手が飛滝でなければ、何があっても食らいついていっただろう。

「そんなことされて、俺が嬉しいと思うか？」

「……ううん、思わないだろうね」

飛滝が暗闇の中で、頷いたのが感じられた。

「いいか。簡単なことだ。俺達が憎み合わなければいいだけだろ」

「無理だ…。飛滝さんはいつだって完璧主義者だ。あの役を引き受けたら、俺を憎むようになるよ。俺は飛滝さんほど役にスライド出来ないから、現実とドラマの間でぼろぼろになっちまうのは分かり切ってるじゃないか」

「そうならないために…二人きりでリハーサルをしよう」

「リハーサル？」

暗闇の中で、おかしな会話が進行している。

音彦は涙が凍り付いたかと思った。

飛滝はリハーサルをしないことで有名な俳優だ。撮り直しもほとんどないと聞いている。そのかわり相手をする俳優は大変だ。監督が用意した代役で、充分なリハーサルを事前にしてから飛滝とやらないと、演技が追いつかない。

万が一、飛滝との絡みで失敗したら、その部分だけ別に一人で撮り直しをするか、シーンの一部をカットさせると聞いていた。

あれはあくまでも噂《うわさ》なのだろうか。まだこの業界に入って、それほど仕事をしていない音彦には、噂でしか知ることが出来なかった。

「リハーサルって…飛滝さんはしたことほとんどないって聞いたけど」

「だからやってみるんだよ。いいか。明日から五日間、どうしても外せない仕事以外は、すべてキャンセルするんだ。そして役に成りきって生活する…」

またもやそれかと、音彦は悲鳴をあげそうになった。

いつもそうやって私生活まで役に成りきって暮らせる飛滝にとっては、たいしたことではないだろう。けれど音彦は、どう足掻《あが》いても自分を捨てきることは出来ない。ましてや飛滝とこうなってしまったからには、飛滝と離れて一日もいられないのは分かり切っていた。

「無理だよ」

「どうしてそうすぐに諦《あきら》めるんだ。君は、もっと情熱家だった筈だ」

「だって…」

「いいか、原作をどれだけ読んだ。その中に書かれていたのは憎しみだけか？」

「それは…飛滝さんは読んだ？　どう思う」

飛滝はコミックなんて読む筈がない。そう思っていた音彦の予想は見事に当たった。

「読んだことはない」

「やっぱり…」

「これから読むが、コミックだったら一話に書かれている内容には、やはり限界がある。俺だったら、そこに書かれていない部分を拡大解釈して、自分の世界観を作り上げる。それが無理だったら、一度原作者に直接アクセスして、書かれていない部分に何があったか、それとなく聞いてみるといい」

「そんなことしたからって、どうなるっていうんだよ」

音彦は無理だとわからせるために、飛滝の胸を小さく殴《なぐ》った。逞しい胸は音彦の抗議にたじろぐこともなく、強い張りを示して応えていた。

「わかった。憎しみしかないと仮定しよう。だが君がその刑事だったら、本当に容疑者を憎むだけか？　罪や犯罪を憎むのはわかるが、生育歴もよく知らない他人を、社会正義を貫くという目的だけで憎めるのか」

「…それは…」

そんな解釈までしようと努力したことはなかった。舞台の経験がない音彦には、役を掘り下げて自分のものにするというのが今ひとつよくわからない。脚本には書かれていないキャラクターの私生活。それすら自分のものにしろと言うのだろうか。

「一日だけ研究するために余計な時間をやる。それを過ぎたら、洋服から髪型まで、役に成りきって暮らしてみるといい。そして…俺を追いかけるんだ」

「飛滝さんを？　無理だ、そんなゲームみたいに簡単にいくもんか」

「ヒントは一つだけ与えてやる。赤坂《あかさか》のホテル・ニューオーヤマ」

「それだけ？」

「そうだ。俺にもまだどんな役か摑めていない。条件は同じだ。それだけで明後日から鬼ごっこだよ、音彦」

一年間という期限をつけて、桐生の前から姿を隠した前歴のある飛滝だ。しかも都内という広い範囲を鬼ごっこのグラウンドに選んだのだから、それに比べれば遥かにましかもしれない。五日間の間に、ホテルにいる飛滝にアクセスしろというのか。だがただアクセスするだけでいいのか。それからどういった行動に出るべきなのか。

実際に撮影される部分では描かれなかった、二人の五日間を演じてみせろと飛滝は言う。

「もしリハーサルの間に、本当に憎しみしか感じられなくて、終わった後でも俺を憎むようだったら、俺達の関係は所詮そこまでだ。そうじゃないか？」

「……」

「愛し合う役を与えられたから、音彦が俺を愛してると錯覚したのなら、それはそれでいい。自分が大きな誤解をしていたんだとわかって、むしろすっきりするだろう」

「違うよ、それは違う。俺は飛滝さんが好きなんだ。いや、飛田惣三郎が好きなんだよっ」

飛滝の顔が見たい。

明るいところで、自分の真剣な眼差しも見て欲しかった。

音彦は枕元にあるだろうリモコンの在処《ありか》を探した。けれど手は虚《むな》しくリネンのシーツの上を、右往左往するばかりだった。

「卑怯《ひきょう》だ、飛滝さん。顔が見えない。何にも見えないと、飛滝さんが何考えてるかわからない。好きなのに、それだけじゃ駄目なのかよっ。飛滝さんを憎むなんて、俺に出来ると思う？出来ないことばかりやらせようとして、俺を嫌いなら嫌いだって、はっきり言えよっ」

「音彦…そうじゃない。そうじゃないんだ」

一人で興奮している音彦に比べて、飛滝の声はあくまでも冷静なままだった。

声にも深みがある。じっと聞いていれば、思わず引き込まれて耳を傾けてしまうだろう。

どんな難解な台詞でも、飛滝が口にすると観客にはすべて正確な日本語として伝わる。特別な訓練をしたわけでもないだろうに、そういった話し方が出来るのはやはり天才ゆえなのか。

または飛滝の成長に命を懸けた、母親が作り上げた賜《たまもの》なのだろうか。

「音彦…君が俺のせいで、せっかくのチャンスをふいにしたとしたら、その方が俺にとってはずっと辛い。俳優を続けていくつもりなら、いずれまた何かで共演する機会だってあるだろう。その度に音彦が逃げることになったら、俺は君と付き合っていけない」

「…やめるよ。役者なんてやめてやる。俺には飛滝さんの方が大事だもん」

「やめるのはいつだってやめられる。人間その気になれば、どんな仕事をしたってやっていけるもんだ」

「そうだね…。例えばラーメン屋になってもいいんだもんね」

音彦の口調は、つい皮肉なものになってしまった。

「そうだ。もし何もかもいやになったら、二人でラーメン屋でもやるさ」

皮肉にもめげず、飛滝はあっさりと肯定する。

「やめるって口にする前に、桐生を見返してやろう。そうは考えないのか」

「桐生を…」

音彦が飛滝と知り合う前から、飛滝をいびつな形で愛していた桐生。音彦が勝者になったことを、桐生は決して認めてはいないのだ。

「そうだよ。桐生に、音彦が本物の俳優だと教えてやろう」

「本物の俳優…か」

「少しはその気になったか？」

「うん。飛滝さんって、人をその気にさせる天才だな。きっと詐欺師になっても成功するよ」

「俳優なんて、みんな詐欺師さ。画面の中だけで騙《だま》しているから、たいした罪にはならないけどな」

その通りだった。

自分とは異なった存在になって、毎回、毎回、観客を騙す。幸福な夢で騙したり、悲しい思いをさせたりしながら、俳優は観客の脳内で新しい命として生き続けるのだ。

「それじゃあ音彦。今からは俺の音彦に戻ってくれ。君を…抱きたい」

甘い言葉と同時に、優しい手が音彦のものに触れる。

昨夜はついに埋められなかった箇所にも、指がそろそろと侵入を開始し始めていた。

「俺はこれからもずっと飛滝さんのものだよ…。役になりきるのはいいけどさ。それだけは忘れないで」

飛滝の首に腕を回して、音彦は熱いキスを捧げる。しっかりと応えながらも、飛滝の手は性急にその部分をまさぐっていた。

今、愛し合わなかったら、次はいつ抱き合えるのか、二人には確証が何もない。甘い同棲生活の夢は、ここでまた先延ばしにされてしまいそうだ。

「金魚…いつになったらあの水槽に引っ越せるんだろう」

広すぎる住処はよくない。そこで一日追いかけっこをしていないといけなくなりそうだ。

音彦は捕まえられない鬼にはなりたくない。必死になって追いかけて、飛滝の背中をむずと摑み、ほうら捕まえたと叫んでみたい。

恋もある意味、鬼ごっこなのだろう。相手を追って、捕まえることだけを必死になる。

いつかこの鬼ごっこには、役割交替の時間が来るのだろうか。今のままでは永久に、音彦が一方的に鬼をやっていることになりそうだった。

「じっとしてて。逃げるなよ」

飛滝はそう言って、体の位置を微妙にずらす。

逃げるなと言っている飛滝の方が逃げていってしまいそうで、音彦は思わずその腕をしっかりと摑んでしまった。

「飛滝さん…どこに行くつもり」

「どこにも行かないさ。ただね、この体勢では、音彦を泣かすのに少し無理があると思ったんでね」

「……」

毎回泣いたりしているだろうか。そんな筈はないと思っていたが、飛滝の舌がその部分を優しく犯し始めた瞬間、音彦は泣き声に近い声を上げていた。

「あっ、ああっ」

音彦が欲しかったものでそこを埋めるために、飛滝の舌は適度な湿り気を与えようとしているのだ。

あの美しい飛滝惣三郎が、音彦のためにそんなことまでしてくれる。

羞恥と感動のないまぜになった感情に押されて、音彦の口からは何ともしれない泣き声が間断なく漏れるようになっていた。

「ああっ、いい、飛滝さん、いいよ。もう…んっ、もう、あっ」

「甘いいい声だ。聞いてるのが俺だけなのが、もったいないくらいだが、誰にも聞かせたくはないな」

飛滝は充分に湿らせたそこに、先端をついに押し当てた。

音彦の中で期待は膨らみ、見えない筈の飛滝の顔が大きく目の前で揺れているような気がしてくる。

「来てよ…早く。欲しい、欲しいんだっ」

羞恥心には闇はいい隠れ蓑《みの》だ。

だが感動の共有には、闇はただの障害物にしかならない。

そうは思ったが、音彦の全身は、飛滝にすっぽりと包み込まれた様で、いつにない深さで飛滝を感じていた。

新居での同居は先送りになった。自宅に戻った音彦《おとひこ》は、高橋《たかはし》にスケジュールを調整してもらい、一週間限定で休みを貰《もら》った。役の研究のためと言ったら、事務所も嫌な顔はしなかった。ところがせっかく休みを貰ったものの、何をどう進めたらいいのか分からない。原作のコミックをすべて買い込み、必死になって読んではみたが、ドラマ化される部分で飛滝《ひたき》がやることになる間宮法世《まみやほうせい》という男は、本当に一話だけしか出てこなかった。

何もわざわざ飛滝を使う必要はないだろう。ヤクザ映画の常連のような俳優だったら、難なくこなせるような役だ。

確かに主役の葉山孝太郎《はやまこうたろう》という男は、コミックに書かれた絵柄がそのまま、音彦の外見によく似ていた。これだったら原作のファンも、イメージが違い過ぎるとごねることはないだろう。音彦の抜擢《ばってき》は、ある意味正しい選択だ。

音彦がこのドラマの後、どんなイメージで売っていくかなんてことまで、ドラマの制作者は心配してくれない。これからやろうとするドラマのイメージで固定されてしまっても、それを覚悟で仕事は引き受けるのだから。

「少し髪が長いかな」

コミックを片手に、音彦は鏡の前で自分の顔と比べてみた。

この感じだったら、少し切ることになるだろう。葉山孝太郎はいつでもスーツ姿だから、量販店で売っているような、ビジネススーツを用意する必要もある。

マザコン、生真面目《きまじめ》、少しずれた時代感覚の持ち主で、本当は小心者のくせに、いざとなったら火事場の糞力《くそぢから》を発揮して、どんな難問にも体当たりでぶつかっていってしまう。

原作を読めば読むほど、主人公に魅力を感じるようになった。それは作者も同じなのだろう。思ったよりも長期連載になっていくうちに、作者の中で葉山孝太郎という男はより現実的な存在となり、人間的にも成長していく過程が丁寧に描かれている。

正義感があり、不正を憎む心意気は人一倍だが、それは刑事という職業のキャリアを積み重ねていくうちに、自然と育っていったものだ。元々は気が弱く、一話目では電車内の車内暴力にも立ち向かうことが出来ない。

そんな葉山が刑事として開眼するのが、実に第三話目の間宮との対決シーンから後だった。

「う――っ」

音彦は呻《うめ》きながら、自分のベッドに俯《うつぶ》せになった。

この役をやりたい。

出来ることならシリーズ化してもらって、もっともっといろいろな話を視聴者に観て欲しかった。

だがそのために飛滝との関係を犠牲にするのは嫌だ。

両方を同時に手に入れるために、何をどうしたらいいと言うのだろう。

「くっそーっ、桐生《きりゅう》の野郎。俺が苦しむと分かっていて、わざとこの役をオファーさせやがったな」

やりたければお前が飛滝を連れてこい。そうすればこの役をやろう。そう言ってにたにたと笑っている桐生の顔が目に浮かぶようだ。

俳優は生身の人間だ。当然、年齢というものの制限がある。昨今は特殊メイクや画面のCG処理で、多少の年齢の誤魔化しは可能になったが、やはり一番その役に相応《ふさわ》しい年齢といったものがある。

葉山は年齢でも音彦とほとんど同じだ。大学を卒業後、二年間を派出所で制服警官として勤め、今年から刑事課勤務という設定になっている。

迷いや自信のなさまで似ていた。勇気も能力も備わった、仕事が難なく出来る男達に囲まれ、日々出来ない男のコンプレックスと戦っている。そんなところまで深く共感出来るからこそ、これはまさに音彦のために用意された役のように思えた。

「飛滝さん…どうするつもりなんだよ。リハーサルだなんて勝手に決めて、もしうまくいかなかったら、自分だけ降りるつもりなのか。飛滝さんの…力が欲しい。名優、飛滝惣三郎《そうざぶろう》が出れば、それだけで番組の格が上がるんだ」

飛滝は今頃、どこで何をしているのだろう。自宅で音彦と同じように、コミックを片手に役作りに励んでいるのだろうか。

明日になれば完璧《かんぺき》な間宮が、ホテル・ニューオーヤマに現れるのだろう。そこにいるのは音彦の愛している、優しい大人の男ではない。冷酷で、殺人さえも何とも思わない、頭のいい本物の悪党だ。

恐喝に殺人。数々の犯罪をこれまで犯しながらも検察の追及を逃れ、旧式なヤクザ渡世にも深くは関わらず、未だに刑務所に入ったことがない男。

そんな男に変身してしまった飛滝を、どうやって残り四日間で追いつめろというのだ。

今の段階では、脚本はまだない。だが飛滝にとって、役を摑《つか》んでしまったら、脚本はほとんど意味がないのだ。ここでこの台詞《せりふ》を言うというのは、必然のようにして飛滝の中から出てくる。時に飛滝の芝居は、原作を超えてしまうことさえあった。

「そうだ」

音彦は咄嗟《とっさ》に思いついて、高橋に電話をかけていた。

「高橋さん。お願いがあるんですが…」

この仕事を受けるつもりだと言ってからは、高橋の態度もより好意的になった。音彦の頼みとあれば、今なら何でも聞いて貰えそうだった。

「現役の刑事さん達の話を伺いたいんですが…。事務所から申し込んでもらえませんか？　俺にはそういったつてがなくって、困ってるんですが」

『篁《たかむら》さーん、やる気になってますね。私の大学時代の友人が警視庁におりますから、そいつに話を通しておきます。何日頃に行きますか？』

電話の向こうから、高橋の弾んだ声が聞こえてくる。

「出来れば今日中に…遅くても明日の朝までには」

『…篁さん…何かあったんですか』

さすがに高橋は勘がいい。けれどここは音彦としては、何も話すわけにはいかなかった。

「別に何も。一度話を聞いただけじゃ足りないと思うので、早めに第一回を設定して欲しいだけです」

『そうですか。いや、実にいい心がけですね。役作りは、俳優の基本ですから。それでは何としても今日中にどうにかしましょう。私もやつに会うのは久しぶりで』

「いえ…その申し訳ないですが、俺一人で行かせてください」

『一人で？』

「はい」

飛滝はいつだって一人だ。だったら音彦も同じように、一人で何もかも進めてみたい。高橋に頼ったのはずるいと思わないでもなかったが、時間がなかったので仕方なかった。

『ところで飛滝さんには何か連絡されましたか？』

「……」

どう答えたらいいのだろう。

自宅の鍵《かぎ》まで貰っていると言えばいいのだろうか。

そこまではとても言えない。たとえ高橋にでも、飛滝とのことは知られたくなかった。

「ええ、電話で挨拶《あいさつ》だけしておきました。仕事を選ぶ人だから、僕なんか相手にやってくれるとは思えないんですけど」

謙虚なところを見せてはいるが、とんでもない大嘘《おおうそ》だ。

すでにもうドラマの導入部は始まっている。誰も観客のいない二人だけの芝居は、この時点でスタートしているのだ。

翌日の午後に、ホテル・ニューオーヤマに行った。たとえ二人きりの芝居でも、手を抜きたくはない。コミックと全く同じ格好をして、小道具として偽の警察手帳と、手錠も携帯していた。

むろん警察手帳を一般人相手に示したら、それだけで音彦は罪になってしまう。そんなことは常識だったから、誰にも示すつもりはなかったが、現役の刑事に聞いた、すぐに取り出せる場所に携帯するということを、身をもって経験してみたかったのだ。

ホテルという場所は、世の中でそこそこ知られた人達がよく集まる場所だ。タレントが一人紛れ込んでいても、余程の大物でない限りたいして注目もされない。

音彦は自分に注目されるようなことはないと思っていたが、万が一篁さんですかと訊《き》かれた時には、いいえ違いますとはっきり答える心づもりでいた。

自分を捨てる。

普段はカメラの前でも出来ないことを、音彦は一人でやろうとしている。

飛滝のように、完璧に別の存在でいられるだろうか。

ふらふらとホテル内を歩いているタレントだと思われてはいけない。張り込み中の警察官のつもりなのだから。

音彦は出来るだけ目立たないようにして、ホテルの隅々にまで視線を走らせた。

原作の三話目では、一人の政治家が殺されたところから始まっている。対立関係にあった政治家が疑われたが、彼にはアリバイがあった。

プロを使って殺させたのではないかとの疑惑も浮上するが、政治家絡みは圧力も大きい。誰もが捜査を渋る中、主人公の葉山は単身、疑惑の政治家を追いかける。

そして葉山は、疑惑の政治家が、間宮という男と接触しているのを知ることになる。

間宮にやらせたと確信した葉山は、今度は間宮を追いかけることになるのだが。

あれはコミックだからだと、だだっ広いティールームで珈琲《コーヒー》を飲みながら音彦は思った。現実にはそう簡単に、殺し屋と依頼人が同席している現場なんて、刑事が遭遇出来るものではない。

昨日聞いた刑事の話では、現実は実に地味なものだった。決まった時間内で事件を解決しなくちゃいけない、刑事ドラマみたいにはいかないですよと、高橋の友人だという刑事は笑っていた。

定年退職するまでに、何人くらいを検挙出来るのかも教えてくれた。毎週のようにあんなに検挙していたら表彰もので、あっという間に出世しちまうとも言われた。

だがドラマなのだ。

正義が通用する世界を、嘘だと知っていても視聴者は待っている。

この珈琲を飲み終えたら、どうしたらいいのだろう。現実の刑事達は、そこに容疑者が現れる保証はなくても、何日も張り込みをする。たった二時間で途方に暮れるようでは、自分は刑事には決してなれないと音彦は思った。

手にした本をぱらぱらと見る。丁寧にカバーを掛けてはいるが、原作のコミックだ。飛滝に知られたら格好悪いなと思っていた音彦は、その時本に向けていた顔を慌てて上げていた。

知っているのに知らない男がそこにいる。

スーツを着ているが、いつも着ているようなのとは微妙にラインが違う。髪は自然に下がっていたのが、今は丁寧に上に撫《な》でつけられていて、色の薄いサングラスを掛けていた。

何がどうなっているのだろう。

一昨日別れた時の飛滝は、優しい大人のいい男でしかなかったのに、そこにいる男には妙な色気が溢《あふ》れている。

それは決して健全なものではない。触れたら火傷《やけど》する。少しでもかすったら切れると分かっているのに、なぜか惹《ひ》き付けられる危ういもののような、不思議な色香があった。

音彦は自分の目が曇っているのかと不安になる。普通の人間は、男の色気なんてそんなに意識しないものなのだろう。飛滝と性的な関係を築いたことで、音彦の審美眼も変わってきているのかもしれない。
思わず音彦は呟《つぶや》いていた。
「目立ちすぎ…」
広いティールームの中、飛滝の存在は異彩を放っている。だがおかしなもので、音彦から見
ても彼は飛滝惣三郎には見えなかった。
飛滝を愛している音彦だから気が付いたが、他の人達から見たら危ない男にしか見えないの
かもしれない。
オーダーを取りに行ったウェイターの背中に、緊張感が溢れていた。彼の認識からしたら、
今の飛滝はヤクザのトップクラスに見えたのかもしれない。
飛滝は煙草《たばこ》を取りだし、どこに隠し持っていたのか、高価そうに見えるライターで火を点《つ》け
ていた。
普段の飛滝は使い捨てライターや、どこかで貰ったマッチで平気で火を点けているのだ。し
かもいつも吸っている国産のキャスターではなくて、音彦のよく知らない外国産の箱入りの煙
草を吸っていた。
「あれ…」

慌てて音彦は原作に目を落とした。そこには確かに、飛滝が今持っているのと全く同じものが描かれている。

「しっかり予習してるんだ」

さて舞台に俳優が二人並んだ。これからどんな芝居をしていったらいいのだろう。即興劇のように、自らシナリオを起こしていかないといけない。

音彦が悩んでいるうちに、何と飛滝の前に一人の男が現れて、困ったような顔をして同席していた。

その男の顔には見覚えがある。衆議院の代議士だ。

コミックの展開と全く同じだ。描かれた背景や、現れた男の外見は微妙に違うが、シチュエーションはよく似ている。しかも飛滝が同席しているのは、信じられないことに本物の代議士ではないか。

「飛滝マジックかよ」

代議士は昔からの飛滝の知り合いなのかもしれない。どういった用向きでここを訪れたのかは知らないが、あまりにもいいタイミングだった。

二人の会見は、遠目に見ても平和的には見えない。相手の代議士は飛滝に弱味でも握られているかのように、どこかおどおどして見えた。対する飛滝の方は、明らかに優位なのか、始終相手を見下したような残忍な笑顔を浮かべている。

これでは本当に、殺人をネタに金の支払いを要求している、原作の場面と同じではないか。

音彦は思わず、どこかにカメラが隠されているのではないかと周囲を確認してしまった。だがカメラマンらしき人間はどこにも見あたらず、飛滝がカメラを意識している様子もない。

「落ち着け。次の展開を予想しなくちゃ」

原作にあるのはここまでだ。次にはもう警察内でのシーンに移ってしまう。

二人はかなり長時間、話し込んでいた。代議士はその間に何度か笑顔も見せている。二人の関係は原作よりは友好的なのだろう。

だが音彦は、そこで現実ばかりを分析してはいけない。せっかく飛滝が用意してくれたシチュエーションで、想像力の限りを尽くして、この先の動きを考えないといけないのだ。

代議士は立ち上がり、帰り支度をし始めた。右手を差し出して、握手を求めている。飛滝も立ち上がり、余裕ある態度で握手を交わしていた。

二人の関係がどういったものか、つい個人的な好奇心が湧いたが、この際それは無視して、ティールームを出る飛滝の後を追った。

これから飛滝はどうするつもりだろう。もしかしてこのホテルに宿泊しているのだろうか。警察官だったとしたら、容疑者と関係した人物にそれとなく職務質問するのは不自然ではない。

だがこれだけの状況で、いきなり職務質問もないだろう。原作では一旦警察署に戻った葉山は、代議士が会っていた人物が誰かを警察内のリストで知ることになっている。だとしたら今日はここで帰るしかなさそうだ。

「後、三日か…」

目の前に飛滝がいるのに、何の会話もなく別れないといけない。だったらここは原作を無視して、一気に職務質問の場面に繋《つな》げてしまったらどうだろう。

そう思って飛滝に追いつこうとした音彦は、駐車場のマークがある方に曲がる飛滝に続いて曲がろうとしたら、背後からいきなり呼び止められた。

「篁さん？　偶然ね。こんなところで何してらっしゃるの」

振り返ってはいけない。そう思ったが、声がどう聞いても女優の野本香奈《のもとかな》のものだったので、音彦は仕方なく振り返った。

「すみません。人違いじゃないですか」

あくまでもここはとぼけるしかない。香奈だったら、音彦が何をしているかは想像がついて、非礼を許してくれるかなと期待もしていた。

「あら、人違いだったかしら…」

一瞬信じたようだったが、すぐにその口元には嘲笑《ちょうしょう》が浮かんだ。

「知り合いにそっくりな方がいるもので、失礼しましたわ。ところであなた、何をなさっている方？」

ここに香奈がいたことも、偶然ではないような気がしてくる。飛滝は音彦がどこまで本気で取り組めるか試すために、わざわざ香奈を呼んだような気すらする。

そこまで疑ってしまったら、疑い過ぎだろうか。

答えを待つように、香奈は小首を傾《かし》げて音彦を見つめている。女優というオーラを身に纏《まと》った、華やかな香奈といつまでもこうしていたら、通りすぎる人達に余計な好奇心を抱かせてしまうだろう。

それはまずいと思った音彦は、覚悟を決めて答えるしかなかった。

「警察の者です。職務中ですので…」

「あら、警察官だったの。それは失礼したわ。私服…ってことは刑事さん？」

「あ、はい」

「そう…とても見えないわね。若くて…こんな可愛《かわい》い男性が刑事だなんて」

目眩《めまい》がしそうだ。飛滝を追わないといけない筈《はず》が、有名女優の野本香奈相手に、アドリブで芝居を続けないといけなくなってしまった。香奈は当然疑っているか、音彦だと知っていて絡んでいるとしか思えない。

「刑事さんだったら、ぜひ伺いたいわ。ストーカー対策って、どうしたらいいと思う?」

「ストーカーですか…」

やはり香奈は気が付いている。自分が飛滝と共演した時に、飛滝がストーカー役だったことを、ここでわざと引っかけているのだ。

「ご自宅のある管轄地域の警察署に、問い合わせをしてください。相談窓口というものがありますから」

「あなたに、今この場所で訴えても駄目ってことかしら?」

にっこりと微笑《ほほえ》む香奈の顔は、スクリーンで映し出されるものと同じだ。実に魅力的だったから、普通の男だったらぼうっとなってしまうだろう。

女であること、美しいこと、有名であること。自分の顔に自信を持って生きる彼女は、きっとあらゆる場所でこの顔を使い分け、巧みに世の中を生き抜いているのに違いない。

自分の顔を持たなかった飛滝とは、実に対照的だ。

飛滝がパンを買っていても、誰も気が付かないかもしれないが、香奈だったら私がご贔屓《ひいき》の店なのよと、周囲が勝手に納得してしまうほどの強い印象を残してパンを買うのだろう。

「申し訳ありませんが、ただいま職務中なので」

「それは残念ね。それじゃお名刺いただける?」

香奈はさりげなく音彦の胸元に視線を向ける。そこに名刺入れがあって当然だと思っているかのように。

やられたなと思った。

演技の途中で相手がミスをしても、釣られて笑うようじゃいけない。ミスなんて何もなかったかのように、芝居を続けることだって可能なのだ。

今はその力が試されている。ここで素に戻って、すいません、ちょっとしたリハーサル中でなんてぽろっと漏らしたら、それだけで音彦は飛滝に馬鹿にされると思った。

「生憎《あいにく》、持ってきていないもので…。ご自宅はどちらですか。よろしければ管轄の警察署の番号をお教えしましょうか？」

「いいえ、結構よ。それよりあなた、私が誰か知ってらして？」

「女優の野本香奈さんですよね」

どうだ。釣られて尻尾を出したりはしない。あくまでも葉山のふりを続けてみせるんだと、音彦はとぼけて答えた。

「そうよ。知っていてくれて嬉《うれ》しいわ。お仕事のお邪魔をしてしまったみたいね。ごめんなさい」

「い、いいえ」

飛滝が香奈に頼んだ時間稼ぎはここまでかと、音彦はほっとした。そのまま軽く頭を下げて行きすぎようとしたら、香奈は音彦の背中に向けて、独り言のように呟いた。

「センスの欠片《かけら》もないビジネススーツが、よくお似合いだこと…」

この場合は、褒《ほ》め言葉と取るべきだろう。役になりきっていると、それとなく言ってくれたのだと思いたい。

香奈によって何分足止めされていたのか、音彦の足は速くなる。駐車場に行けば、まだ飛滝の姿はあるだろうか。

巨大なホテルの駐車場は、その規模に相応しく広い。コンクリートの壁には、剝《む》き出しになった配管が這《は》い回り、やたら非常口の場所を示すライトが灯《とも》っていた。仕切りになっている壁も複雑で、内部は迷路のようになっている。

これではどこに飛滝がいるか、探すのも難しい。

ぼんやり歩いていると、背後から何台もの車が通りすぎていった。どうやら出口方向に向かって歩いてしまったようだ。一方通行を示す黄色のラインの前には、大きく出口と書かれている。

「何やってんだろう、俺。本物の刑事だとしたら、失格だな、こりゃ」

まさに葉山そのものだった。

過保護な母親に育てられた葉山は、少しどころか大いにぼんやりしている。日常ではつまらないミスを連発していた。

「あっ、出口で張ってるって手もあるけど…」

立ち止まった音彦の横を、その時一台のグレーのベンツがすーっと通りすぎていった。窓に加工が施されているせいか、内部の様子がはっきり見えない。それで気になって目で追っていたら、駐車場の出口で駐車券を投入するために、窓が開いたのが見えた。

「あっ」

記憶にあるスーツの腕がにゅっと伸びて、駐車券を投入している。音彦は走り出しながら、しっかりとそのナンバーを確認していた。

「基本。基本だよ。記憶だ、覚えるんだ」

思わず出て来た言葉は、まさにコミックの中で葉山がいつも呟いている言葉だった。

駐車券を飲み込むと、遮断機は上がる。すると窓は閉ざされ、ベンツは何事もなかったように出て行ってしまう。

「待てよ…待ってくれ」

走っても車に追いつける筈はなかった。けれど音彦は必死に走って、出口の緩《ゆる》い坂を上った。

当然のように、外に出た時には、もうベンツの姿は影も形もなかった。

二日目の鬼ごっこは、何の成果もなく終わった。だが音彦は、少しだが自信がついてきた。役を完全に自分のものに出来そうだったからだ。

それにしても不思議なのは飛滝だ。自宅に駐車場スペースはあるが、自分の車は所有していない。免許くらいは当然持っているだろうが、どこからベンツを調達したのだろう。

レンタカーかもしれないが、そのために飛滝はいくら資本を投下したというのだ。

これはあくまでも飛滝と音彦のゲームだ。テレビ局も関係していないのだから、予算からいくらか出るわけでもない。

なのに飛滝は間宮そのものと思えるスーツに着替え、ライターなどの小物まで揃《そろ》えている。

これでもしその役をやらないとなったら、掛けた金額は全くの無駄金だ。

「…どう思う?」

自宅に戻った音彦は、二匹の金魚に向かって話しかけていた。

「飛滝さんが、これでますます分からなくなってきちゃったよ」

あそこまで金を掛けて、音彦のためにやってくれるのは何故《なぜ》だろう。

「愛されてる?　そうなのかな。それにしても野本香奈まで引っ張り出したのはやりすぎだと思うんだけど」

　ベッドに転がった音彦は、そこで急に別の考えに取り憑《つ》かれた。

　飛滝が香奈を呼ぶのは変だ。二人には、以前の映画撮影以来、交流は全くない。

　だとしたら香奈は、本当に偶然あそこを通りかかったことになる。

「まずっ！　桐生に漏れるっ」

　桐生と香奈の間には、今でも交流はあるだろう。音彦は以前香奈に、飛滝と寝たことまでつい口走ってしまったが、そのせいで桐生にも知られる結果になったのだ。

　もしかして香奈は、今頃桐生の元に、面白可笑《おか》しく今日のことを通報しているかもしれない。

　自分が用意した罠《わな》に、見事に嵌《は》まりこんでくれたものだと、桐生は笑っているだろうか。

　しかも飛滝のやり方をそっくり真似《まね》て、私生活まで役になりきっているんだと知ったら、桐生はさぞや音彦を嘲笑《あざわら》っていることだろう。

「ほっといてくれよ。もういいだろう。飛滝さんは、あんたとは寝ない。どんなに抱かれたがったって、飛滝さんの好みはあんたじゃねぇやっ」

　枕を殴《なぐ》って、音彦は吠《ほ》える。そうして鬱憤《うっぷん》を晴らしていたが、またもやそこで疑問が浮かんでしまった。

　では飛滝の好みの相手とは、どういった人間なのだ。

「嘘だろう。昼間会ってた議員先生。あんなのも好みだったらどうしよう」

男、女、年下、年上。どれか一つでも、飛滝の好みだとはっきり断定出来る要素はあっただろうか。音彦なんかのどこがよかったのかも分からないのだ。

「そうだよな…。飛滝さんが俺と出会う前に、どこで誰とどうしてたかなんて、全く知らないんだし。ああいう人だから、役が変わる度に、相手役を好きになってたのかもしれない」

飛滝はかりそめにでも、香奈を愛したのだろうか。

役の中では、殺したいほどに愛したのだ。

その思いは役が終わると同時に、綺麗に霧散してしまったのか。まだ消えずに残っていて、それでわざと香奈を遠ざけているとかはないのだろうか。

「…嫌だな。桐生の思うつぼってやつだ。どうして俺達が、離れていないといけないんだよ」

独りでいることの寂しさがどっと押し寄せてきて、音彦は殴っていた枕を抱き締めていた。

「会いたいよ…。同じ東京《とうきょう》にいるのに、どうして離れ離れなんだろう…」

自分の欲のせいだと分かっている。

飛滝は音彦のために、自分を犠牲にしてくれているのだ。なのにここで音彦が弱音を吐いたら、あそこまで力を入れて間宮になりきってしまった飛滝に対して、失礼なことになるのは分かり切っていた。

飛滝に嫌われたくない。

飛滝に愛されたい。

恋した人間らしく、音彦は独り寂しく懊悩《おうのう》する。

「飛滝さんは、誰に愛されたかったんだろう…。やっぱり母親なのかな」

父を知らずに育った飛滝にとって、母親は唯一無二の存在だったのだろう。その母親が飛滝に求めたのが、美しさでもなければ賢さでもない、完璧な演技だったとしたら、飛滝はああって生きるしかなかったのだ。

飛滝は母親が死ぬまで、彼女のために完璧な俳優でいようとした。呪縛《じゅばく》が解けた今は、誰のために完璧でいようとするのだろう。自分自身のために完璧主義を貫くつもりなら、もう少し余裕を持たせてもいいのにと音彦などは思ってしまう。

「あそこまで完璧でなくていいよ。俺の好きな飛滝さんも少しは残しておいてよ」

そうやって飛滝のことを考えれば考えるほど、会いたくなってくる気持ちをどうすればいいのだろう。

「電話…しようかな。もうやめようよって…」

音彦は携帯を取り、飛滝の自宅に掛けようとして思いとどまった。

「駄目だって。たった五日間がどうして我慢出来ないいんだよ。第一飛滝さんのことだ。家になんているもんか…。家にはいない…きっと」

思いついたことがあって、音彦は思わずベッドから抜け出して、昼間訪れたホテル・ニューオーヤマの領収書を取りだしていた。そこの代表番号に電話すると、女性オペレーターの爽やかな声が聞こえた。

『ありがとうございます。ホテル・ニューオーヤマでございます』

「あの、伝言をお願いしたいんですが」

『かしこまりました。フロントにお繋ぎしますので、少々お待ちくださいませ』

耳に心地いい音楽が流れる。音彦はフロントマンの返事をいろいろに予想して、真面目な顔で待つ。

『お待たせいたしました。フロント岡崎《おかざき》です』

今度は男性の落ち着いた声だ。

「伝言をお願いしたいんですが」

『ご宿泊のお客様でしょうか』

「ええ、間宮…間宮法世という人に」

『少々お待ちください。間宮様ですね…。はい、確かにご宿泊です。では御伝言用のメッセージを承りますので、そのまま電話でお話しください。終了いたしましたら、お使いの電話でシャープを押していただければ結構です』

音彦は一瞬押し黙った。

まさかこんなにすんなりと間宮法世が捉まるとは思っていなかったのもあったが、その名前を使って宿泊していた飛滝に感心してもいたのだ。

「間宮法世さんですか。私、高輪《たかなわ》署刑事一課、葉山孝太郎と申します。うかがいたいことがございまして、よろしければ明日の二時、ご宿泊先のホテル・ニューオーヤマのラウンジ、ティールームで、お会いできないでしょうか」

飛滝には会えない。けれど間宮法世にだったら会える。

音彦は呼吸を整え、最後の言葉を口にした。

「そちらのご都合もうかがわず、大変失礼だとは思いますが、二時に待っています。僕は…あなたを知っています。こちらから声をかけさせていただきますので、二時に、ぜひ」

そこで音彦はシャープを押した。

相手が出たわけでもないのに、心臓がどきどきいっている。本当に殺し屋と対決する前夜のような緊張感が盛り上がっていた。

「明日だ。明日になれば飛滝さんにまた会えるんだ」

再びベッドに横たわると、リモコンでテレビのスイッチを入れた。

架空の世界だったら、ニュースは相変わらず犯人の挙がらない、議員殺害事件についてしつこく放送していることだろう。

だが現実の世界はひどく穏やかで、例年通り北海道の雪祭りを放送している。

「おかしな感じだな…。どこまでが本当に現実なんだろう…」

自分の部屋にいると、一年前も今も、何も変わっていないような気がする。飛滝と一緒に撮った映画だって、フィルムになってしまえば、もう自分がそこの現場にいたことすら夢のようだった。

確かなものなんて何もない。

目にするものだけが現実だというのなら、ではこの世界というものは、実に卑小なものに過ぎなくなってしまう。

「あれっ？」

コマーシャルの時間だった。

美しい男が一人、整えられた部屋の中から森を見ている。その部屋の作りは見覚えがあって、音彦はきゅっと唇を噛《か》みしめた。

『本当に贅沢《ぜいたく》な時間は、家の中にこそある』

優しいナレーションは、飛滝のいつもの口調そのままだ。

飛滝の出たコマーシャルをやっと観られたというのに、音彦は感動よりも先に悔しさを感じていた。

「ずるい。ずるいよ、飛滝さん。そういう顔は、俺だけに見せてくれるんじゃなかったのかよ。これじゃ、みんなが見ちゃうじゃないか」

優雅で美しい男が住むのにもっとも相応しい家だと、見ている誰もが思ってしまうだろう。現実の飛滝惣三郎も、この住宅会社の家を建てている。彼はきっとこのコマーシャルのように毎日を過ごしているんだと、想像を巡らせるに違いない。

「これじゃ裸を曝《さら》してるのと変わらない。あそこにいるのは、まんま俺の飛滝さんじゃないか。やだ…他の誰にも…知られたくなかったのに」

泣きたくはないのに、自然と悔し涙が出て来た。

よくよく考えれば、音彦と暮らすために飛滝は家を建てたのだ。そのために住宅会社のコマーシャルに出たのかもしれないではないか。

そこまでしてくれる恋人なんてそうそういるものではないというのに、音彦の荒《すさ》んだ心は素直に受け取れない。

「それとも…あの飛滝さんも演技なのかよ。本物はどこにもいないのかもな。そうだよ、そうなんだ。俺の飛滝さんって勝手に思ってただけで…飛滝惣三郎なんて男は、どこにもいないのかもしれない」

母親が死んだ時に、飛田惣三郎という男の魂も死んだのだろうか。

今、画面の中にいるのは、とうに魂を失った抜け殻で、場面場面で誰かを演じているだけなのかもしれない。

「何だかわかんなくなってきた。暗くないとセックス出来ないなんて、突然おかしくなっちまったし」

過ぎ去ったあの夏の日が、今となっては懐かしい。偽物とはいえ、兄弟として過ごしたあの日々に感じた幸福はいったい何だったのだろう。

むしろあれが現実で、役の中で音彦が一度死んだことで、すべては終わりを告げてしまったのだろうか。

一度コマーシャルの仕事を引き受けたら、今頃飛滝のオフィスでは、各社が一斉におうかがいを立てていることだろう。車、製薬会社、家電製品。飛滝のような高級感を感じさせる三十代の男優は少ないから、引っ張りだこになる筈だ。

そうなったらますます飛滝は売れていき、音彦との生活は危うくなっていく。

「何だか飛滝さん、どんどん遠くに行っちゃうみたいだ。今度のドラマをやれってしつこいのは、俺との距離を作るためなのかな」

飼い主が旅行中の猫のように、音彦は寂しさと不安でいたたまれなくなっていた。

飛滝のことを、恋が下手《へた》だと笑った。だが音彦も同じように下手だ。

子供のように独占欲丸出しで、こうして駄々ばかりこねていたら、やっていることは桐生と変わらなくなってしまうかもしれない。

恋愛においても大人になりたいと思ったが、これぱかりはどうにもならない。せっかく葉山というキャラクターを掴みかけていたのに、これでは篁音彦そのものに舞い戻ってしまっていた。

「駄目だ。こんなことじゃ…駄目なんだよ。もっと自信持てよ。愛されてるよ、俺。そうでなかったら、どうしてこんな無駄なリハーサルなんてやるんだ」

音彦はもう一度コミックを開き、入念なチェックを始めた。二次元の世界でしか生きられないキャラクターに、命を貸してあげるから、どうかもう一度俺の中に来てくれと祈るしかなかった。

飛滝だったら二時に約束したら二時に来る。

けれど間宮だったら、時間を守ったりはしないだろう。

音彦は昨日のティールームで、三十分が過ぎても現れない飛滝の姿を苛々《いらいら》しながら待ってい
た。人の出入りは多く、外国人も目立つ。ビジネススーツ姿が出入りする度に、つい視線を走らせたが、飛滝の姿はなかった。

だが探すのは飛滝の姿だけではない。桐生が覗《のぞ》きに来ないかと、そっちの方が冷や冷やだ。二人して何で刑事物ごっこをやってるんだと目の前で笑われたら、今度こそ本当に桐生を殴り倒してしまいそうだった。

四十分が過ぎている。フロントに行って、宿泊客の間宮さんに連絡してくれと頼むべきだろうか。立ち上がろうかと思った時、ついに飛滝の姿がティールーム脇《わき》の通路に現れた。

今日はノーネクタイでスーツを着ている。深いグレーのスーツに黒いシャツという、普段の飛滝だったら絶対に着ないスタイルだったが、それがまた決まりすぎるほど決まっていた。しかも今日もサングラスをしているので、美しい目元は影を潜めていた。

「間宮さん」

音彦は立ち上がって手を振った。

誰もさして注意を払わない。待ち合わせの相手を呼び止めている、ビジネスマンだとでも思っただろうか。

飛滝は両手をズボンのポケットに突っ込み、決して紳士的とは言えない態度で近づいてくる。誰がどう見ても、堅気のビジネスマンには見えなかった。

「あんたが葉山？」

近づいてきた飛滝は、初めて見るようにして音彦を見て、いつもとはがらりと違った低い声で訊いてきた。

「どうもはじめまして。いきなり呼び出したりして、失礼をまずお詫《わ》びします」

音彦は丁寧に頭を下げた。

しかしおかしなものだ。本当に初対面の時は、何年も一緒に暮らしている兄弟として、凄《すご》く自然な感じで現れた飛滝が、今は肉体関係まであるようになった音彦と、初対面のようにして会っている。

「失礼だよな、警察官。日の丸をかさに着て、随分と偉そうじゃないか」

そんな台詞はコミックの中に一文もない。なのにいかにも間宮だったら口にしそうな台詞だった。

「一人？」

飛滝は音彦が示した前の席に座ると、スーツの胸ポケットから煙草を出して銜《くわ》える。そして油断無く首を巡らせて、周囲の様子を一瞬にして観察していた。

「刑事ってのは、単独行動を制限されてんじゃないのか。いいのかよ、あんたみたいな若造が、一人でのこのこ出て来て…」

飛滝は冷笑を浮かべる。

いい男なだけに、凄みがあった。音彦は思わずその顔に視線が釘付けになったが、すぐに自分の役割を思い出していた。

「あくまでも参考としてお話をうかがいたいだけです。実は昨日ここであなたが会っていた、新谷《しんたに》議員のことで」

「手帳くらい出したらどうだ。あんたが刑事だってどうやって信じろっていうんだ。名刺はいらない。あんなものはいくらでも偽物を作れるからな」

「あっ、し、失礼しましたっ」

現実には使えないのに、実によく出来た偽の警察手帳だ。そこに音彦は自分の写真を貼り込み、葉山孝太郎と名前も生年月日もキャラクターのものを入れていた。

「葉山孝太郎です」

「……」

飛滝は警察手帳を確認すると、馬鹿にしたというより、哀れむような顔で笑った。

「俺も馬鹿にされたもんだな。こんな新人に呼び出されるとは…情けねぇや」

口調もがらりと変わっている。飛滝の言葉使いはいつだって紳士的で、滅多に乱暴な口調にはならない。

「で、人のことを何こそこそと嗅《か》ぎ回ってんだ。確かに昨日、新谷先生と茶を飲むくらいはしたがな。親父が後援会に入ってる関係だ。別におかしなことじゃねぇだろ」

淀《よど》みなく飛滝は答える。そこにオーダーしたアイスコーヒーが運ばれてきた。

飛滝は普段、決してアイスコーヒーは飲まない。冷たいものを飲むとしたらアイスティと決まっていた。コーヒーはブラックと決めている飛滝が、アイスコーヒーにはミルクを入れている。

変だ。やはりおかしい。ここにいるのは飛滝なのに、もう飛滝ではなくなっている。

取り憑かれるという言い方がもっとも相応しいのかもしれない。飛滝惣三郎という男は、与えられた役に取り憑かれるのだ。本来は命など持てない創作物のキャラクターは、飛滝惣三郎という肉体に取り憑いて本物の命を束の間得る。

時間が来たら、そのまま綺麗に消えてくれればいいが、飛滝の場合はそう簡単にはいかない。

悪霊に憑依《ひょうい》されたかのように、元の自分を取り戻すのに相当のエネルギーを必要とするのだ。

こんなおかしな役に取り憑かれた飛滝は、本当に元の優しい飛滝に戻れるのだろうか。音彦は不安を隠しつつ、葉山となって質問を続けた。

「間宮さん…ご出身はどちらですか」

「……」

飛滝は返事をしない。薄笑いを浮かべて、音彦を見ているだけだ。

「何か?」

「どうして俺が間宮だと知ってる。まずはそこから説明して貰おうか」

「……」

間宮は頭のいい抜け目のない男だ。議員と会っていたというだけで、宿泊名簿に書かれた名前が分かってしまうのは、どうみても自分のことをすでに警察が調べているからだと思うに違いない。

原作にない部分なのに、間宮に成りきってしまった飛滝の前では、言い逃れやその場しのぎのアドリブは利かなかった。

「もう何もかも調べはついてんだろ。右翼団体やヤクザの組に出入りしてた様子はあるのに、見事なまでに前科はない。籍は故郷にあるが、現在の住所は不定…。どこで何をしてる男なのか……あんた、俺に興味があるか？」

「……ありません。あなた個人に興味はないですが、あなたが何をしたかには興味がありま
す」

音彦は不思議な感じを味わい始めた。

この感じは何かに似ている。

そうだ、以前に飛滝と共演した時と全く同じだ。飛滝を前にしていると、現実を見失う。自
分が本当は誰だったか忘れてしまい、音彦もまた葉山孝太郎に取り憑かれていた。

「二週間前の話をしましょう。先々週の木曜日、あなたが何をしていたのか、それが知りたい
んです」

「令状はあるかい、兄ちゃん」

凄みのある声が、脅しを掛けるように言った。

「ありません……」

「それじゃあそういうことは、裁判所で令状ってやつを貰ってから訊きなよ」

飛滝はもう用は済んだというように立ち上がる。

音彦は内心ほっとしていた。

この程度の会見だけで済めばありがたい。飛滝を殺人者呼ばわりして、憎まなくても済むか

らだ。後二日間、こうやってのらりくらりとしながら飛滝の周りをうろついていれば、それでリハーサルは終了だ。

ほらっ、おかしなことを企てたって無駄だ。誰が桐生の思うように、憎しみ合ったりするもんかと思っていたら、飛滝は音彦を見下ろして冷たく言った。

「兄ちゃん、暗い夜道にはせいぜい気をつけな」

「えっ…」

「日本は法治国家だと思って安心してると危ないぜ。年間、何万人って行方不明者が出てるんだからな」

それだけ吐き捨てるように言うと、飛滝は今度こそ本当に立ち去ろうとした。

「待てっ。待てよ、おいっ。それはどういう意味だ」

音彦は咄嗟に立ち上がり、飛滝の腕を摑んでしまった。

こんな場所で目立ってはいけない。そう思ったのは、周囲の人間がそれとなく視線を向けた後だった。

「間宮さん。すいません。何かご不快にさせてしまったようですが、もう一度座って、ぜひ話を聞かせてください」

音彦は何でもないと周囲を安心させるように、押さえた声で言った。

「あんたとは何も話すことなんてない。これからちょっと用があるんでな」

音彦の手を振り切ると、飛滝はすぐに踵《きびす》を返して去ってしまった。さすがに今度ばかりは、それ以上しつこく追うことも出来ない。

「葉山孝太郎、さぁ、これからどうするんだ」

原作では単独で間宮の尾行を開始している。証拠もない、自供もない。なのに勘だけを頼りに間宮を追う葉山の行動は理不尽だが、そのしつこさが事件解決の糸口になるのだ。

「尾行だ。そうだ。ここで間宮を逃がしたら、あの男は二度と姿を見せない」

音彦に乗り移った葉山は、そのまま音彦をホテルの地下の駐車場へと導いた。

警察に疑われたと思ったら、間宮は逃げるだろう。経験値の少ない葉山は、そこで無謀にも単独行動を起こしてしまうのだ。警察のルールも、司法の約束も無視してしまう愚かさに、現実とは違うドラマの安直さがあったが、音彦はそのまま葉山と同じ行動を取るしかなかった。

駐車場には昨日と同じグレーのベンツがあった。音彦は出口の一番近くで、ベンツの監視を続けた。

飛滝が車に乗り込んだら、タクシーで尾行する。車を持たない音彦には、それしか手だてがなかった。

予想は見事に当たった。駐車場に姿を現した飛滝は、大きめのバッグを手にしてベンツの方に歩いていく。

音彦は駐車場の出口を駆け上がり、ホテルの正面に停車しているタクシーに飛び乗った。

「すいません。今から出てくるグレーのベンツを、気づかれないように追いかけてくれませんか」

タクシーの運転手は、何事かと色めきだったようだが、明からさまに顔に出す様なことはせず、はいわかりましたとだけ答える。

待ち構えるタクシーの前に、グレーのベンツがゆっくりと姿を現した。

「お客さん。高速に乗られたりすると、ちょっと分が悪いやね。何しろあっちはベンツだからさ。速さが違うから」

走り出してホテルの前を離れると、運転手は少しくだけた口調になった。

「多分、都内を出ることはないと思います。気づかれないように、間を空けてついていってください」

「あれですか。私立探偵？　大変だね、いろいろとあるんでしょ」

「ええ…まぁ」

この運転手も、ドラマを観たりするのだろうか。その時に音彦のことを思い出さないことを祈るしかない。

なりきっているとはいえ、やはり飛滝にも冷静な部分が残っている証拠に、ベンツはタクシーが十分についていける速さで走っている。そしてベンツがたどり着いたのは、大手のレンタカー会社だった。

遠くまで追いかけないで済んでほっとした。県を跨《また》いで逃亡されていたら、さすがに音彦も辛《つら》い。タクシーの運転手もほっとしたのか、ま、頑張りなさいよと言いながら、頼んでもいないのに領収書を出していた。

レンタカーを返し、ホテルも引き払った。飛滝のとった行動は、間宮のしていることと完全に合致している。警察に目をつけられたといち早く察した間宮は、早々に逃走を開始するのだ。

ここからが本格的な鬼ごっこだった。

「…あれ？」

レンタカー会社の事務所から、いつまで待っても飛滝の姿が現れない。おかしいと思った音彦は、近づいていってみたが、飛滝の姿はもうどこにもなかった。

「しまったぁ、裏口から逃げられちまったか」

事務所の裏手はトイレになっていて、そこからは外にも出られるようになっている。音彦は慌《あわ》ててレンタカー会社の裏から出て、通りの隅々にまで目を走らせた。

電車の駅のある方向に向かっただろうか。車がないのだから、移動するなら電車だろう。音彦は人通りのある商店街に向かって歩き始めた。

夕暮れの商店街は、一日で一番賑《にぎ》わう時間だろう。近くにある私鉄の駅から吐き出された帰宅途中の人と、学校帰りの生徒達、それに近隣でのパート仕事を終えて帰る主婦達が、それぞれ用のありそうな店の前で立ち止まっている。

食料品店の投げ売りの声に被《かぶ》さって、パチンコ屋の派手な電子音が響く。ゲームセンターの前では子供達の笑い声が響き、人中をかき分けて進む自転車が、何度かりんりんと鳴らして注意を呼びかけていた。

こんなに人が溢れているのに、たった一人の男の姿を探すのが難しい。飛滝だとばれたらサインをねだる人間の一人や二人いそうなものだが、そんな足止めを食っている様子もなかった。

自分は誰にでも知られていると思うのは、俳優の悲しい性《さが》であり自惚《うぬぼ》れなのかもしれない。こうして歩いていても、音彦に注意を向ける人はいないではないか。

派手な服装をして、いかにもタレントの雰囲気を演出していれば別だ。自分達の生活から浮いている存在には、人々も注意の視線を向ける。そして自分の見た顔に記憶があれば、ああの俳優だと、それとなく思い出す努力もしてくれるだろう。

だが個性をすべて取り払い、色を無くした途端に、誰もがただの通行人としてしか音彦を見ていなかった。

「群衆の中の孤独か…」

自分に注目する群衆の中にいるのは怖いが、自分を無視してくれる群衆の中にいるのは心地いい。水が集まって川になるように、人はやはり人中《ひとなか》に入ると、自分にも帰属する世界があるのだと安心出来るようだ。

ほとんど会話になっていない、一方的に喋《しゃべ》り合う女子高校生の声や、携帯電話で仕事の続きを話しながら歩く男性。明らかに周囲と速度の違う歩き方の、老女三人でののんびりした話し方。

そんなものを耳にしながら、音彦は自分の姿が透明になったように感じる。

ああ、これが飛滝の言う、自分から色を抜くのに相応しい場所なのだと気が付いた。

人間はたくさんいる。彼等にはそれぞれ自我があり、生活がある。生涯に一度も言葉を交わさないかもしれない人々の中にいて、ではここにいる自分とはいったい何だろうと、改めて自分という存在に気が付くのだ。

どんな役を演じても、篁音彦はやはり篁音彦だった。

飛滝も同じだろう。取り憑かれたものを祓《はら》った後で、飛滝は群衆の中で再び自分と対峙《たいじ》するのだ。そして空っぽになった自分の中に、また新しい別人を呼び込む。その作業を繰り返しているうちに、飛滝はある時、自分を見失いかけたのかもしれない。

今はどうだろう。

飛滝はすぐに、自分を取り戻してくれるだろうか。

「……ん……」

危うく見過ごすところだった。飛滝が、いやこの場合は間宮なのだろう。ラーメン屋でラーメンを食べている姿が見えたのだ。

「そういえば俺も腹減った」

音彦は目の前にあるファーストフードの店で、出口近くの席に座り、すぐに食べられるハンバーガーと冷たい飲み物のセットを頼んだ。そして飛滝がまだ食べ終わらないと確信しているうちに、トイレに飛び込んだ。

張り込みはドラマでも大変そうに描かれるが、こうして実際にやってみると実に大変だ。二人なら交替で買い物やトイレに行けるだろうが、一人では限界がある。

相手が飛滝だから、わざと捕まるように表から見える席に座ってくれているが、これが奥に入ってしまったら、完全に見失っただろう。何日も追いかけていた相手を見失った時の、警察官の悔しさが思いやられた。

飛滝は音彦に、役になりきるためのテクニックを教えてくれたのだ。

綺麗な花を見ても、実は地中に長い根が張り巡らされていることまで人は想像しない。しかし根の部分があってこその花だと、飛滝は示している。

音彦は今、根の部分を育てているのだ。

飛滝が店を出てくる。音彦は見失わない程度の距離を空けて、再び尾行を開始した。駅に行くとばかり思っていたのに、飛滝は駅の下の通路を抜けて反対側に出てしまった。その辺りまでくると、人通りはまばらになってくる。振り返られたら、気づくだろうか。コンクリートで固められたトンネル状の通路は、やけに足音を響かせる。足音で気づかれないかとひやひやしながら、重そうなバッグを楽々運んでいる長身の後ろ姿を追った。

町はすっかり夜になっている。立ち並んだ家々からは、夕餉《ゆうげ》の匂いが流れてきて、どの家も平和なうちに一日を終えようとしていた。

だが音彦は、後二日間経たなければ、平和に夜を迎えることは出来そうにない。

どんどん寂しい方向に飛滝は歩いていく。公園の先は工場街で、工員達も帰った後なのか、それともすでに廃業した後なのか、ほとんどの建物は電気が消えていた。

飛滝は公園の中を突っ切ろうとしている。鬱蒼《うっそう》と茂る木々が周囲を囲んでいるから、ここで見失ったらおしまいだ。音彦は焦って、つい飛滝との距離を縮めてしまった。

サルスベリの木に囲まれた小道を、飛滝は歩いていく。外灯はあるが、ところどころ切れていたり、古くて暗くなっていて、明るさもおぼつかない道だというのに、飛滝は迷わず進む。

けれど音彦はついに、目の前にあった筈の飛滝の背中を見失った。

隠れる場所はいっぱいある。どこに隠れてしまったのだろう。音彦はゆっくりと周囲を見回し、耳を澄ませて靴音を聞こうとした。

背後を振り返ろうとしたその時、音彦は背後から羽交い締めにされていた。

「あっ！」

「ご苦労だったな、兄ちゃん。俺の後をつけまわして楽しかったか！」

ここで警察官だったら、どんなに不利な状況でも戦うのだろう。敵の手に武器がなければ、咄嗟の判断で相手を投げるくらいはしないといけない。

だが音彦にその能力はない。アクション俳優を目指していたわけではないから、戦うための技術は一つとして学んでいなかった。

「間宮さん、落ち着いてください。話が、話がしたかっただけです」

「話ね。令状持って来いって言っただろ。証拠もなしに、人を犯人扱いか」

「そうじゃなくって、新谷先生のことでっ」

どう考えても状況は不利だった。ここで刺されて、あっさりと殺されてしまう可能性だってある。原作よりも、この鬼ごっこの結果は悲惨なことになりそうだ。

けれど飛滝だって、そこまでする筈はない。物語のエンディングはもう決まっているのだから、それに向かって流れるようにし向けてくれるだろう。

そう思って安心はしていても、やはり間宮になった飛滝は不気味だ。何を考えているのか、全く予想がつかない。

「教えてください。新谷先生とどういう関係なのか」

この場合は音彦が捕まえたのだろうか。それとも飛滝が捕まえたのか。

どちらにしても音彦が飛滝を追う構図には変わりがない。

音彦はついに飛滝を捕まえたのだ。

「わかったよ。それじゃ、話だけはしてやってもいい。ただし場所を移してからだ」

音彦を押さえていた腕を緩めたと思ったら、手首が後ろにねじ上げられた。間宮になりきった飛滝の動きには、優しさも思いやりもないせいで痛い。

音彦はどこに連れて行かれるのだろう。敵の懐に飛び込むのは、果たしてこの場合正しいのだろうか。逃げる方が正しいと思えるが、葉山だったら、言いなりになると見せかけてチャンスを窺《うかが》うと思えた。

「ついて行きます。おとなしくどこにでもついて行きますから、乱暴はやめてください」

「いいだろう。ただし…携帯をよこしな。おかしな電話をされるとまずいんでな」

「携帯って…それは困ります」

「だったら交渉は決裂だ。新谷先生の楽しい話、場合によっちゃ、あんたの手柄になりそうな話なのによ」

「……」

音彦は摑まれなかった方の手で、携帯を飛滝に差し出した。

飛滝は頷《うなず》いて胸ポケットに収めると、手は握ったまま、音彦の背を押して歩き出した。そのまま公園を抜けると、明らかに廃工場と思える建物が、ぬっと目の前に現れた。

「そこの階段を上るんだ。古いからな、あんまり手すりを頼りにしない方がいいぜ」

確かに手すりは腐っていて、少し強く握るとぐらぐらと揺れて今にも外れそうだ。やっと自由になった手で思わず握ってしまったが、手を開くと、剝《は》げたペンキと赤錆《あかさび》がついて嫌な匂いをさせている。

二階にしては高い。三階としては低い。そんな高さにあるドアを飛滝は示す。ドアだけはアルミで出来ているせいか、錆びもなくすんなりと開いた。

元は事務所だった場所だろう。内部は思ったよりも綺麗だ。電気はまだ来ているのか、壁際のスイッチを入れると、消えそうな蛍光灯が一本灯った。

だが音彦は、以前やはりこんな部屋に、桐生によって監禁された経験があったので、既視感からうんざりしていた。こんな部屋に招待された時には、恐ろしい結果が待っている。それはドラマのお約束だ。

「ここで何の話…を」

一瞬、激しい痛みが腹部を襲った。

今、何が起こったのだろう。

音彦は自分がされたことの意味がまだわからない。

まさか飛滝が、愛する男に対してこんな残酷なことをする筈がないだろう。

それともそこまで役になりきれるということなのか。

音彦は腹部を押さえながら意識を失い、ゆっくりと床に向かって崩れ落ちていく。

飛滝が音彦を殴るなんてことは決してあり得ないが、間宮が葉山を殴るのは、予想される展開そのままだった。

小道具の手錠をなめてはいけない。ふんっなんて気合いを入れれば、簡単に壊れるなんて代物ではないのだ。しかも後ろ手にされているから、ほとんど自由が利かない。足はガムテープでぐるぐる巻かれていたから、この体勢で足場も危ない階段を逃げ降りるのも難しかった。

さらに口には、しっかりと猿轡《さるぐつわ》まで噛《か》まされている。ものは音彦《おとひこ》のハンカチだったが、決して気持ちのいいものではなかった。

「先生。いい加減に金を払いなよ。頼んだ覚えはない？　いいよ、そうやってすっとぼけていればいい。こっちにはテープがあることを、まさか忘れちゃいないだろ」

飛滝《ひたき》は音彦の携帯を手に、誰かに電話していた。電源を入れずにふりだけをしているのではない。使用中のライトが光っているから、本当に誰かに電話しているのだ。

「おまけにドジ踏みやがって。何で警察の尾行がついてるのに気が付かない。馬鹿そうに見えてしつこい刑事でよ。いいか、この刑事の始末代も上乗せだ」

どんなことも恐れない、裏稼業の人間らしいドスの利いた話し方だ。

これが『本当に贅沢《ぜいたく》な時間は、家の中にこそある』と、素晴らしい声で囁《ささや》いた男と同一人物だとは思えなかった。

「そうか…わかった。だったらこの刑事に何もかも話して、生かして帰すぜ。実行したのが誰だろうと、させたのはたった一人だ。あんたももう終わりだな」

相手の声は聞こえない。もしかしたら飛滝は、自分のオフィスに電話しているのかもしれないと思った。無人のオフィスに、飛滝の声だけが響いている。そんな情景を想像するために、音彦は再び目を閉じた。

「どこにいるかだって！　ふざけんなっ。こっちがそんなに簡単に手の内を明かすと思ってんのかよ。いいか、この電話に十二時間以内に返事しろ。コインロッカーのキーは渡しただろ。あそこに一千万上乗せした金額を、置いてくればいい。簡単なことだろ」

音彦はぼんやりと、命の値段が一千万では安すぎないかと考えていた。

せめて一億、そう考えて笑ったつもりだったが、猿轡を嵌《は》められていては、笑うに笑えない。

飛滝は電話を切ると、音彦の方に顔を向けた。すると目を開いていた音彦と、しっかり視線が絡み合ってしまった。

ねぇ、飛滝さん。これはいくらなんでもやりすぎだよと、音彦は必死に訴える。そろそろ手足が痛み始めていたのだ。

「気が付いたか、兄ちゃん。どうせ聞こえてただろ。あんたの命は、俺の依頼主の金払い状況によって変わるってことだ」

「……」
これを外せと音彦は、くいくいっと顎《あご》を突き出した。だが飛滝は許してくれそうもない。
「お察しの通り、新谷《しんたに》先生の依頼で、関係ない他人を一人始末した。だが実行犯は俺じゃない
…ということにしておこう。俺はただ知ってることを話してるだけだ。そいつが誰かも俺は知
らない。新谷先生がそいつに金を払わなかったら、あんたは自由だ。だが払ったら、あんたは
消される」
音彦はうんうんと頷《うなず》きながら、後ろ手にされた手錠を示す。どうにかしてくれと言いたかっ
たのだ。
「逃げようなんて思うな。うまくすれば生きて帰れるんだ。利口にふるまった方が得だぜ。口
だけは外してやる。叫んでも無駄だっていうのは、覚えとけ」
飛滝の手が、ハンカチをやっと解いてくれた。
飛滝さん、ひどいよっ、ここまでやるなんて聞いてない。そう言いたいのを堪《こら》えて、音彦は
何とか葉山《はやま》になりきろうとした。
だがうまくいかない。
今の飛滝だったら、本当に音彦を殺しそうだと思える。それくらい飛滝の雰囲気は荒《すさ》んでい
て、音彦を怯《おび》えさせた。

「そっちこそ、殺人を犯してるのに逃げられるなんて思わないことです。そんなに日本の警察は甘くないですからね」

お約束の台詞《せりふ》を口にしてみたが、どうにも棒読みになってしまう。

「それは犯人に言えよ。証拠もないのに、犯人扱いは違法だぜ」

飛滝は床に転がされた音彦の前にしゃがみ込むと、その顎に手を添えた。

「さて…十二時間もあるぜ。明日の朝まで、ここで何してる…。ただ待ってるだけってのも、芸がないよな」

「もっと詳しい話を聞かせてください」

声が震えた。

これは演技だ。ここにいるのは、音彦の愛している飛滝だ。

何度そう言い聞かせても、怖くて仕方がない。それは飛滝が、夜だというのにサングラスをしているから、目にいつものように感情が表れていないせいだろうか。

それとも飛滝の全身から滲《にじ》み出る残忍な雰囲気が、音彦にとっては初めてのものだったので怖いのかもしれない。

野本香奈《のもとかな》だったら、こんな飛滝を知っている。本当に怖かったのよと語っていた彼女の言葉は嘘《うそ》ではないだろう。

だが香奈の周りにはスタッフがいた。飛滝が狂気に取り憑《つ》かれていても、助けてくれる人間がいたのだ。

音彦はここに二人きりだと強く意識した。だったらもういい、役を降りてしまおうと思ったが、以前もそれで失敗したのを思い出した。あの時飛滝は、役のまま音彦を犯したのだ。

飛滝の中でどうやってスイッチが切り替わるのか分からない。明日にならないと、飛滝は元に戻らないのだろうか。それまでこの冷酷な飛滝と二人で、過ごさないといけないのか。

目を閉じると、指先が飛滝を思いだした。温かな体の表面を覆う、つるつるとした手触りの皮膚。しっかりとした骨格と、堅い筋肉を蓄えたしなやかな肉体。

美しい男はそんな部分も美しいのかと、感心させられたあのものが、音彦の体内に入ってくる瞬間を思い出す。別れる前にした最後のセックスは、最高の悦《よろこ》びを音彦にくれた。闇《やみ》が感覚を研ぎ澄ましてくれたせいかもしれないが、いつもよりずっと深く快感を感じていた。

あの濃密な時間をくれた男だ。その男と二人きりでいて、なぜ音彦は怯えないといけないのだ。

桐生《きりゅう》が企《たくら》んだのは、こういうことだろう。

飛滝さんはやり過ぎる。そう思った音彦が、飛滝の中に眠る狂気に怯えれば、それで二人の間は破綻《はたん》するとでも考えたのだろうか。

「話より…面白いことしようぜ。あんたには滅多に経験出来ないことをしてやるよ」

飛滝はそう言うと、音彦のズボンのベルトを外し始めた。

「間宮《まみや》さん！　何してるんです。トイレの心配をしてくれるのはありがたいですが、まだその必要はありませんっ」

「別の目的ってやつを、想像する力もないのか」

冗談ではないのだろう。だが音彦としては冗談で済ませて欲しい。

倦怠期《けんたい》のカップルではないのだ。こんなレイプごっこをして楽しまなければいけない必然性なんてどこにもない。

「ちょっ、ちょっと待ってください。いいですか。ここで何かしたら、あなたは公務執行妨害、及び暴行の罪状がつきますよっ」

「暴行？　レイプは親告罪だぜ。あんた、俺を告発するか。してもいいが、生憎《あいにく》俺は住所不定ってやつでね。暴行罪が時効になる前に、俺を捕まえられるかな」

飛滝はそう言うと、楽しそうに音彦のズボンを開き始めた。

「待って。待ってください。どうしてこういう展開になるんだよ。違う、違うだろっ。やめよう、嫌だっ」

ついに本音混じりの悲鳴が上がった。

間宮は気紛《きまぐ》れで男をレイプするようなキャラクターか。音彦にはとてもそうは思えない。それより札束を抱えて、女達のいる場所に遊びにいくタイプだろう。

結局飛滝は、音彦と遊んでくれているつもりなのかと思って、今度は本気で腹がたってきた。

「よせっ、そんなことやらせるもんかっ」

不自由な体で必死に抵抗する。ガムテープを破《やぶ》く勢いで足をばたつかせたが、傍《はた》で見ていたら滑稽なだけだろう。

「やめろっ、やめてくれっ」

必死の抵抗が、何だかまた本物らしさを演出し始めた。

「おとなしくしてれば痛みはそんなにないっていうぜ。なぁ、刑事の兄ちゃん。警察に戻ってどう証言するつもりだ。一人で尾行していたせいで暴行されましたと、上司に言えるか。しかも相手は疑わしいやつだってのに、のこのこついてきたのはあんただぜ」

音彦はそこで抵抗を止めた。

無理がない展開だ。こういった重大事件の容疑者を追いかけるのに、チームで行動しなかったのは、音彦である葉山の落ち度だ。それを言われると、葉山はきっと立場が悪くなる。

「しかもただの暴行じゃない。やられちまったとなったらな。いい笑い者だ。もしかしたら大ヒットになるかもしれないのに…そんなけちなミスをしてもいいのかよ」

これは立派に脅しだった。

そこで屈服してしまったら、葉山ではない。

「ぼ、僕は平気だ。何をばらされたって…」

「じゃあ上司に、丁寧に説明するんだな。まず下半身を裸にされて、続けてやつのものでたっぷりと犯されましたと、説明するといい。精液を採取するのには、けつを検察医に見せないといけないぜ…。それもまた楽しいかもしれないが…」

「い、いやだーっ。止めて、止めてくれっ」

ついに音彦は、本心から懇願していた。

葉山というキャラクターでは、こんな仕打ちに耐えられる筈がない。それでも正義を貫くために戦えるのだろうか。

原作では葉山は工事現場に追いつめられ、間宮に殺されそうになる。だが奇跡が起こって、間宮の方が先に転落しそうになるのだ。

すると葉山はどうしたか。

自分を殺そうとした男を助けたのだ。

レイプされていたとしたら、葉山はどうしただろう。自分の恥ずかしい秘密を永遠に葬り去れるチャンスだとばかりに、間宮が落ちていくのを黙って見過ごしただろうか。

いや、葉山孝太郎《こうたろう》だったら助ける。

だからこそ彼は、庶民のヒーローになれる男なのだ。

「十二時間後には、死ぬかもしれないんだ。それを思えば、どうってことねぇだろ」

「死にたくないし、やられるのも嫌だ。間宮さん、あんたには好きな人とかいないのか。僕には…まだいない。古い男だと笑ってもいいけど、僕は好きな人としかこんなことはしたくないんだ。はっきりした証拠もないのに、疑った非礼は詫《わ》びます。だから、これ以上のつまらない罪は重ねないで欲しい」

「つまらなくねぇよ。十二時間の間に、俺が殺される可能性だってあるんだ。緊張するとどうもいけねぇ。体が勝手に興奮しちまう」

音彦の体を俯《うつぶ》せにすると、飛滝は自分のズボンの中からそれを引きずり出して、本当に犯そうとしていた。

結末が分かっているのに、人は何で同じ映画を何度も観るのだろう。それと同じ疑問を、音彦は今感じている。

ここでしていることは、他の誰も知らない。だが数ヶ月後には、飛滝と二人でまたこの危ない関係を再現しないといけないのだ。

結果はもう決まっている。なのに二人は、そんな結果はまだ見えていない、現実の時間そのままに、死を前にして足掻《あが》く男達を演じていた。

「お利口にしてくれるんなら、あんたに録音テープのコピーをやるよ。現場で盗聴したもんだ。間違いなく本人が、どこかにあの男を殺してくれるようなやつがいないかと喋《しゃべ》っている。声紋鑑定に出しても、ちゃんと通用するぜ」

「テープのためにやられるのは、筋が違います。嘘でもいいですから、僕に一目惚《ぼ》れしたことにしませんか」

葉山孝太郎だったら言う。そんな言葉がすんなりと出て来た。

「おかしな野郎だな」

飛滝は笑った。くぐもったおかしな笑い声だったが、きっと間宮という男は、滅多に心から笑わないと思ったから出た笑いなのだろう。

「嘘でもいいから、そうしましょう。十二時間後に、どっちにしても修羅場が待ってるんですからね…。僕を殺す時は、一目惚れ相手に対する礼として、痛くないようにやってください」

音彦は本当に泣きたくなってきた。

だから泣いた。

自分が泣き虫なのは知っている。恐らく葉山孝太郎も泣き虫だろう。感情を抑えられるのが大人の男に求められるというのに、いつまでも子供みたいに感情に支配されてしまうのだ。

でも音彦は、そんな自分の愚かさが好きだ。

男が泣くのも、あまり恥ずかしいことだとは思っていない。

「間宮さん…初恋の相手は、男の子だったんですか。僕はね。少しだけど、従兄弟《いとこ》のお兄さんに憧れたことありますよ」

「いいから黙ってろっ」

ぴしゃっと尻《しり》が叩《たた》かれた。

「ひどいな。せめて初恋の相手に似てるくらい、言って欲しかったのに…」

音彦は間宮という架空の男の魂の遍歴を想像する。人を平気で殺せる男だから、誰も愛さなかったというのは違うだろう。

心が闇に覆われる前には、きっと青空も見えていた筈《はず》だ。

そう、あの部屋のように…。

シャッターが閉ざされれば、陽光は遮られる。けれどシャッターの外には、眩《まばゆ》い陽光は輝いているのだ。

間宮の心からシャッターを取り外したら、案外普通のいい男が隠されているのかもしれない。

そんなことまで頭の中に浮かんでくる。

「あたっ、いたたたたたっ」

初めてでもないのに、音彦は本当に激しい痛みをその部分に感じていた。

明日には消える、架空の存在である間宮と葉山は、かりそめの契《ちぎ》りを結んでいる。見た目にも決して美しくないシーンなのに、音彦は実に泣けるシーンだなと思った。

原作者すら描いていない。脚本家も書かないだろう。誰もが想像もしない、音彦と飛滝だけが作り上げたドラマが始まる。

「いっ、痛いっ」

「死ぬ時はもっと痛いぜ」

「そ、そういう問題じゃないです。もう少し優しくしてくれませんか」

「うるせぇんだよ、ごちゃごちゃと」

それでも少し、飛滝の動きは優しくなっていた。

「あっ、…ああっ」

何の愛撫《あいぶ》も施されない、一方的な性行為。いつもあんなに丁寧に愛されている体だ。その程度では何も感じないと思ったのに、やはり慣れた行為だからだろうか。音彦は体の奥に、甘い疼《うず》きを感じてしまって狼狽《うろた》えていた。

「ん…」

ここにいるのは見知らぬ男だ。そう思ったら、こんなに感じてはいけない。

なのに見知らぬ男だからこその、罪深い興奮があるのも事実だ。

葉山だったら感じない。初めてこんなことを経験して、愛もないのに感じたりしたらおかしい。そう思って耐えようとしたが、音彦はもはや自分が誰であったのか分からなくなってしまっていた。

「あっ」

押し殺そうとしても声が出る。救いはその様子を見た飛滝が、音彦を嘲笑《あざわら》っていてくれることだけだった。

桐生は飛滝に負けたのだ。

飛滝惣三郎《そうさぶろう》が、自分の愛した篁《たかむら》音彦という男に、自分を簡単に憎ませるようなことは決してさせる筈がない。

恐らく飛滝は、音彦の知らないところで入念に計画を練り上げたのだろう。そうして音彦が、こんな演技をしなければいけない状況に巧みに追い込んだのだ。

こういった関係の後、二人がもう一度命のやりとりをする事になって、葉山が間宮を助ける意味は大きい。

かりそめとはいえ葉山は、間宮に幾ばくかの愛を感じて助けたのだ。

そういう演技が少しでも滲《にじ》み出るだろうか。視聴者が二人の駆け引きを見て、納得出来るものになるのだろうか。

だがその演技を披露するためには、音彦と飛滝が依頼された仕事を引き受けるところまで戻って、やり直さないといけなかった。

朝になると飛滝はどこかに消えてしまった。音彦は縛られたままで、一人残された。手は前に回してくれていた。水も飲ませてもらったし、トイレにも行かせてもらった。体調は万全とは言い難いが、ともかくまだどうにか元気はある。けれど昨日ハンバーガーを食べて以来、何も口にしていない。空腹は限界だったし、汚された下半身は不愉快な状態のままだ。

「おーい、いつまでこの格好してないといけないんだよ。このまんま放置されてたら、餓死するぞ、餓死」

文句を言っても、誰も聞いてはくれない。廃工場は烏《からす》の住処《すみか》にでもなっているのか、やたら近くでカーカーと鳴く声がうるさい。下手するとこのまま烏の餌食《えじき》になってしまいそうだった。

「飛滝さん、助けてよー」

何だか浮気をしたような気がしてならない。

間宮だった飛滝に抱かれて、体が勝手に感じてしまった。心も少しばかり燃えてしまったように思う。

優しい大人の飛滝も好きだが、危ない飛滝にも惹《ひ》かれる。

同じ男だろうと普通は思うだろうが、飛滝の場合は違う。あれは別人だと思った方がいい。だから浮気だ。

音彦は感じてしまったのがばれて、飛滝はわざとこのまま放置するつもりかとつい考えすぎてしまった。

「あれは俺じゃない。葉山だ。葉山が感じたんだよ。だから俺は無実だ」

ぶつぶつ言っていても、飛滝は戻らない。

原作では、議員は結局金を払わず、葉山は解放されるのだ。だが間宮が、新谷代議士を殺しに行くと思って、再び逮捕に向かって対決となる。

「原作はもっと親切だったぞ。自分で解けるようにして、置いていったんじゃなかったか。これじゃどうやって解くんだよっ」

空腹のせいで力が出ない。こうなると飛滝が一時間でも早く、自分を取り戻してくれるのを祈るのみだった。

「飛滝さん、早く来て…。もう限界だよ…」

時間が経つほどに、間宮の印象は音彦の中で薄れていった。篁音彦に完全に戻ったら、間宮を演じている飛滝とすれ違っても、見過ごしてしまうかもしれない。

けれど飛滝のことを思い出すと、どんどん音彦の中でその存在が膨らんでいく。

「浮気してごめんなさい。やっぱり飛滝さんが好きです。好きだよ。好きだからさっ。早く助けに来いよ、飛滝惣三郎っ、何やってんだっ」

飛滝に会いたかった。

音彦を甘やかしてくれる、優しい飛滝に会いたい。

「自分に戻ったら、何もかも忘れちまうなんてことはないよな」

またもや飛滝を思って不安にならないといけない。いったい後何回、こんな不安を抱かないといけないのだろう。

「いいさ。退屈することは一生なさそうだから」

音彦は汚れた天井を見上げた。その天井の向こうには、青い空があるのだ。何かで遮られることはあっても、青い空が完全にこの世から消えてしまうことは、音彦が生きている間にはないだろう。

鳥が騒ぎ出した。どうやら彼等にとって気に入らないものがやってきたらしい。音彦は耳を澄ませて、壊れそうな階段が軋《きし》む音を確認していた。

ドアががちゃがちゃいっている。

現れるのはどっちだろう。

飛滝なのか。それともまだ間宮のままなのか。

「音彦、怪我《けが》はないか」

ジーンズにカーフスキンのジャケットを着た、とてもお洒落《しゃれ》で美しい男が、前髪を僅《わず》かに乱して飛び込んできた。

「だいじょうぶそうに見える？」

手錠された部分はこすれて赤くなっている。床に転がされていたから、着ているのが安物スーツとはいえ、埃《ほこり》だらけでぼろぼろだった。

「これでだいじょうぶに見えたら、飛滝さん。愛がないんだ」

「鍵《かぎ》は？」

あんた、自分で手錠しておいて、それはないだろうと飛滝には言えない。よくぞ短時間で、自分を取り戻してくれたと感謝するしかなかった。

「多分、ポケットに入ってるよ」

上着のポケットを探っていた飛滝は、本当に分からないのか、かなり丁寧に何度も探って、やっと鍵を見つけ出していた。

「ほら、もう外れるよ。痛かっただろう」

「痛かった。腹は減るし、烏はうるさいし…独りぼっちだったし」

足のガムテープが外されて、手も自由になった。そしてまず音彦がしたことは、飛滝に抱き付くことだった。

「飛滝さん、もし助けに来てくれなかったら、どうしようと思ってた。飛滝さん、飛滝さん、会いたかったよっ」

　奇跡のように短時間で飛滝は元に戻っている。さっきまであった無精髭《ぶしょうひげ》さえ綺麗に消えていて、その体からはいつものコロンすら香っていた。

「音彦…家に帰ろう。今日は何でも言うこと聞いてあげるから、もう少しだ。元気だして」

「何でも聞いてくれるんだ」

「そうだよ。何でもお望みのままにしてあげよう」

　飛滝は音彦を抱き締めて、まだふらつくその体を脇《わき》から支えた。

「それじゃ飛滝さんの作ってくれた卵焼き食べたい。風呂に一緒に入って、この埃だらけの髪の毛洗って。それから暗くない部屋でエッチしたい。十日間、どこに行ってたか教えろよ。それと…」

「おい、そんなに一度に何もかも言われても、まだあるのか」

　飛滝は楽しそうに笑っている。その目尻には小さな皺《しわ》が刻まれていた。

「まだあるよ…。飛滝さん」

「どうぞ、何でもリクエストは受け付ける用意があるんだが」

「…だったら、この仕事のオファー受けて欲しい」

「……もう終わった。俺でなくてもいいような気がするが」

飛滝の中では、一度演じてしまえば、それで本当に終わってしまったのかもしれない。けれど音彦の中では、始まってしまったのだ。

「終わったって、それはないだろう。何のために、こんな大げさなことして、リハーサルをやったんだよ」

「桐生がどんな役をやらせたがっていたのか、興味があっただけだ。俺でなくても、誰でもやれる」

「誰でも出来るかもしれないけど、それはあの間宮じゃない。あんなことされても、葉山が許した間宮は、この世にたった一人しかいないんだよ」

役を終えた後の飛滝は、二度とその役をやれないのだろうか。そんな筈はない。その昔は舞台で、何ヶ月にも及ぶロングランを経験したことだってあるのだ。

演じることにおいて、飛滝に不可能はない筈だ。

「飛滝さんとやりたい。原作の最後のシーン。あれいいだろ？　この手錠を、今度は飛滝さんの手にはめたいんだよ。そして桐生に見せつけてやりたい。篁音彦は、飛滝惣三郎を釣る餌《えさ》じゃないって」

初めて本当にやりたい役が、見つかったような気がする。

音彦は飛滝を見上げて、甘えた声でねだった。

「出てくれるよね。俺を助けてくれるだろ」

「…音彦が、あの家に帰ってきてくれるなら、引き受けてもいい」

「帰る？　そうか、もう帰ることに決まってたんじゃなかったっけ」

「そうだな。今すぐに帰ろう」

飛滝は音彦の手を引いて、古びたアルミのドアを開いた。ここでカットの声が入るべきなのか。それとももう既にカットの声は響いていて、とうにドラマは終わっていたのに、音彦だけが気が付かないでいただけなのかもしれない。

葉山孝太郎という男は、あまりにも自分に似ている部分が多くて、どこまでで線引きしていたのか、今となってはもう曖昧《あいまい》だ。それでもまたこんな格好をしてカメラの前に立ったら、音彦は苦もなく葉山孝太郎になりきれるだろう。

ぎしぎしと鳴る階段を下りた。どうにか踏み外さずに地上に降り立つと、音彦は空を見上げた。

「ほらなっ、やっぱり青空だ」

抜けるように青い空が、音彦の頭上いっぱいに拡がっている。音彦は空に向かって手を届かせようとするかのように、大きく背伸びをしてみせた。

「青空だよ、飛滝さん」

「ああ…いい天気だ。よかった。車が汚れない」

飛滝は手にしたキーで車のドアを開いている。その車を見て、音彦はきょとんとしていた。

「レンタカー？」

真っ赤なミニクーパーを路上に発見して、音彦は飛滝の顔を窺《うかが》った。

「買ったんだ。これが好きだって、音彦が言ったから」

「…言ったっけ」

きっと言ったのだ。飛滝と映画を観ていると、黙っていればいいものを、つい音彦は一言口を挟んでしまう。あの場面がいい。あの車が可愛い。ああいうのが好きだ。

そう教育され続けたせいだろうか。飛滝はそれらをすべて実現してしまうのだ。

すると言った本人が忘れてしまったような言葉の一つ一つが、飛滝の中に蓄積されていく。役を降りてもまだ、相手の望むものになっていくしかない飛滝の悲しさを感じて、音彦は新車を撫《な》でながらため息をついた。

「フェラーリだの、ロールスロイスだの言わなくてよかった」

長身の飛滝が乗るのには、この車は小さすぎるように感じる。ベンツさえ似合ってしまう男が、女の子が好きな真っ赤なミニクーパーというのは、どう考えてもおかしい。

「飛滝さん、お願いがあるんだけど」

「…ん？」

「今度からさ。何か買う時は、二人で話し合ってからにしよう」

助手席に乗り込んだ。新車の匂いがするし、まだ後部座席はビニールのカバーが掛けられたままだ。足下には汚れないように紙が敷かれたままだし、本当にディーラーから今届いたばかりのようだった。

「欲しかったのはこれじゃなかったのか…」

飛滝の顔から、一瞬だが生彩が消えた。

そこで音彦は気を取り直して、ハンドルに置かれた手を優しく握ってやった。

「欲しかったよ。真っ赤なミニクーパー。可愛《かわい》いから大好きだ。だけど飛滝さんが好きな車だってあっただろ」

「…俺には…欲しいものなんて何もないんだよ」

それは嘘だと思う。

人間は欲望の塊だ。それら欲望を充足させるために、必死になって働き、幾ばくかの金銭を手に入れるのだ。または名声とか成功とか、形にはなりにくいものでもいい。完成した製品とか、素晴らしいプレーでもいいだろう。

自分を満足させたいという欲望がなければ、生きる励みがなくなる。

飛滝は、自分の演技を観た観客が、素晴らしいと絶賛してくれれば満足なのだろうか。また は自分が納得出来る演技が出来れば、それだけで満足してしまえるのかもしれない。

これまではそれだけで満足していた人間が、音彦という生身の対象に欲望を感じて、どう対処していいか戸惑っているのだろうか。

「飛滝さんは、俺のこと欲しくないの？」

残酷にも音彦は、飛滝が答えにくい質問をしていた。

「欲しいさ。欲しいけれど…人の心はどうやったら手にはいるのか、俺にはよく分からない」

車をスタートさせた飛滝の横顔に、ついに本音と言える表情が浮かんだと音彦は思った。ハンドルを握りしめて、運転に集中しているせいか、その顔には作り物めいた表情がない。

それこそが飛滝の素顔なのだ。

「心を望んでも、手に入らないことが多いだろ…」

悲しい筈の言葉を、飛滝は何の抑揚もなく言う。

「そんなことないって。だって俺は、飛滝さんが欲しいって喚《わめ》いて、追いかけ回して無理矢理手に入れたんだからさ」

「音彦に追いかけられるのは…楽しいよ。この役が追われる役じゃなかったら、こんなに燃えなかっただろうな」

「そうだろ。俺に追いかけられるのは楽しいだろ。これからも、ずっと追いかけ続けてあげるからね」

飛滝が心の奥深くに隠し、閉じこめてしまった自分という存在を、これからも音彦は追いかけていかないといけないのだろう。

それは楽しいように見えて、結構大変な鬼ごっこだった。

「母は俺に、欲望を抑えるのが、一流になる早道だと教えた。五歳の時から、どんなにおいしそうなお菓子を出されても、許可されないと食べられなかったんだ。しかも食べ方が汚かったりしたら、二度と人前で物を食べさせて貰《もら》えない」

懐かしい思い出を語るというより、忘れたい思い出を整理してしまうために、飛滝は言っているようだ。

音彦は黙って聞いていた。

聞いてあげることも、飛滝にとっては大切なことだろう。

「物心がついた頃にはもう、母の顔色ばかり見ていたな。世間の常識からいったら、ひどい母親なんだろうが、それでも母が…好きだった」

だが飛滝がどんなに愛しても、母親の視界には自分を愛さなかった男しか見えていなかったのだろう。彼女は飛滝を一流の俳優に育てて、その男に復讐《ふくしゅう》しようと企んでいたのに違いない。

「おかしいんだ。俺には時々、世界がセピア色に見える。完全なモノクロとは違って、古い写真みたいに暖かい感じの色はあるけど、はっきりしない。そんな中、母の姿だけは極彩色で目に入ったんだ」

いかにも映画俳優の飛滝の言葉だ。

音彦は一瞬にして、飛滝の口にした情景が目に浮かんだ。

セピア色の風景の中、一人の美しい女だけが色を身に纏《まと》っている。

実に幻想的で美しい情景だ。

「母は着物が好きでね。いつも着物姿だった。芦屋《あしや》のお嬢様育ちだから、派手な着物が多かったな。どこにいても…母の姿だけは見つけられた」

音彦の脳裏で、美しい和装の女がこちらを振り返っているのが浮かぶ。けれど恐ろしいことに、その女に顔はなかった。

「もっとおかしいのは、ある日突然、世界がまたセピア色に見えだしたんだ。目が悪くなったのかなと思ったが違っていた。一人の人間だけが、極彩色で見える…」

淡々と語る飛滝の目から、その時つーっと涙が滴った。

「あの日は海にいたんだ。空が青かったのか、夕暮れだったのかも思い出せない。セピア色の風景の中、真っ白な服を着た若い男が走ってくるのだけが見えた」

「飛滝さん…」

飛滝は自分が泣いていることさえ気が付いていない。演技ではなく泣けることを、飛滝はもしかしたら忘れているのかもしれなかった。

「今でも時々、世界から色が消える。その時にはっきり色を持って見えるのは…音彦。君だけだ」

「だったらこれからは…もっと綺麗な色の服を着ないとね。俺、ピンクとかも好きなんだよ。男がピンクってなぁとか思ったけど、今度買おうかな」

「そうだな…。音彦にはピンクも似合うよ」

飛滝は手を伸ばしてきて、音彦の頰《ほお》に遠慮がちに触れた。

いつもだったらここで大泣きしてしまうだろう音彦だったが、今日は必死になって泣くのを耐えた。

せっかく飛滝が美しい涙を見せてくれたのだ。音彦の涙なんて、日常いつだって溢《あふ》れかえっている。そんなもので、この場の最高に美しい涙の価値を下げさせたくはない。

「母はどんなにいい演技をしても、決して褒《ほ》めてはくれなかった。愛してるとも、可愛いとも言ってくれなかった。死ぬ前に言われたのは…惣三郎、何があっても人前で泣いてはいけません。あなたの泣き顔は醜いから…それだけだったな」

そんなことはない。

今の飛滝の泣き顔は、誰よりも美しいというのに。

「これからは俺が言ってあげるから。愛してるって毎日言うから。俺の前では、泣いてもいいんだ。飛滝さんは、どんなに泣いても醜くなんてならない。たとえみっともなくても、それはそれでいいんだよ。そのまんまの飛滝さんが、俺は好きなんだからさ」

「今度は音彦みたいに、可愛く泣く方法でも練習しようか」

それはいいけれど、やはり運転中にはあまり泣いたりして欲しくない。音彦はしわくちゃになったハンカチを取りだして、信号待ちの間に飛滝の目頭をそっと拭《ぬぐ》った。

二匹の金魚は、じっとしている。あまりにも広い水槽を与えられて、どこまで泳いでいいものか戸惑っているようだ。どうやら赤い方が勇気があるらしい。先に中央付近まで泳いでいったのは、赤の方だった。

「ほらっ、赤。お前、負けてんじゃん。黒を見習えよ」

どういうわけかこの家では、二匹の金魚は体色とは違った色で呼ばれている。赤が黒で、黒が赤だった。

家に寄ってまず運んできたのは、数着の着替えと金魚だった。他は急ぐことはない。思いついて必要になったら、少しずつ運べばいい。やはりほとんど帰らなくても、自分名義の部屋は必要だ。音彦にもそれなりの立場がある。

「そうだっ、飛滝さん。ホテルで野本香奈に会ったんだった」

音彦は思い出して、下の豪華なキッチンで卵焼きだけを作っている飛滝の側に駆け寄っていった。

「飛滝さんが呼んだんじゃないだろう」

「野本香奈？　ああ、彼女か。そういえばどうしてるんだろう。元気そうだったか」

飛滝はその名前を聞いて、やっと思い出したようだ。可哀想《かわいそう》に香奈は、飛滝にとってとうにセピア色の世界の住人になっていたのだろう。

「まずいよ。俺、勘違いして、飛滝さんが俺がどれだけ役に入り込んでるか、試させるために彼女を呼んだんだって勝手に勘違いしてた。呼び止められたのに、とぼけたんだ」

「別におかしいことはないだろう。彼女だって女優だ。役作りをしているんだと思っただろうから」

六人がけのダイニングテーブルには、飛滝の馴染《なじ》みの割烹《かっぽう》から、豪華な弁当が届いて乗っている。その中にも当然卵焼きは入っているだろうに、我儘《わがまま》を言った音彦の言うことをきいて、飛滝は調理しているのだ。

「ああ、いい匂い…。目が回る」

「待ってなさい。もう少しで出来るから」

飛滝は器用に箸《はし》で卵焼きをひっくり返していた。

「問題なのは…野本さんが桐生に密告《チク》っててんじゃないかってことだよ」

キッチンのカウンターに、音彦は飛び上がって座ってしまった。実に行儀の悪い行為だが、飛滝はあえて怒ろうとはしない。それどころか卵焼きの端を取って、そっと音彦の口元に運んでやっている。

愛されることを知らなかった男は、愛することに夢中になっている。

甘えられ、求められて、飛滝は自分を満たす方法を学習し始めたのだ。

だからこうして、機会が与えられれば好きなだけ音彦を甘やかす。

愛される音彦も、増長しないように自分を戒めていないと、飛滝には際限がなさそうだった。

「どう?」

「うまーい。うまいね。もう、最高」

足をぶらぶらさせながら、さらに音彦は疑問をぶつけた。

「あいつら、絶対に裏では繋《つな》がってると思う。きっとどこかで、今回の話もしてる筈だ。俺がまだ正式に決まってもいないのに、役になりきって何かしてると知ったら、今度は逆に妨害してこないかな」

「安心していい。桐生がどう動いても、今さら再度の変更は無理だ。制作者側は音彦を使いたがっているし、それでもまだ何かあるようなら…俺がどこかスポンサーを引っ張っていく」

「…また、そこまでしてくれなくていいよ」

飛滝には限度というものが見えないらしい。今の飛滝は、音彦のためだったらどんなことでもしてしまうのだろう。

「テレビ局にとって、どんなにスポンサーが大事か分かるだろ。俺がコマーシャルに出るのに、あの番組のスポンサーになってくれるのが条件だと、提示すればいいだけだ」

音彦は舌を巻いた。普段は仕事に対するスタンスなんて、決して口にしない飛滝だが、意外にも凄《すご》い自信を持っている。確かに自信に見合う仕事をしているのだからおかしくはないが、聞いたことがあまりないだけに驚きだった。

「コマーシャルやるの？」

「必要とあれば」

嫌だと言いたかった。この間のコマーシャルみたいに、自分しか知らない飛滝を見せるなんてと言いたかった。

だが音彦はやめた。

今の飛滝は、音彦にとってアラジンの魔法のランプと同じだ。下手なことを口にしたら、すべてがその通りになってしまう。

「心配しなくていい。おかしなメーカーのはやらないから」

「うん…」

「それと…音彦を悩ませていた問題の答えが出た。イギリスＢＢＣのドラマに出る」

「……イギリス……」

それもきっと音彦が何かぼろっと言ったのだ。確かイギリスの俳優は地味だけど、存在感があって好きだとか、そんな話だったのではなかったか。

「オーディションを受けた。音彦の予想は当たってたよ。落ちた場合のことを考えて、言えなかったんだ。俺にもプライドがあるんでね」

「落ちるもんか…。でもそうなると、何ヶ月か別れてないといけないね」

「その頃は音彦も忙しくなってるだろう。あの番組はきっと成功する。あの役は、君のためにあるような役だ」

「そう思う？　そうだよね。俺もそうじゃないかなって思った。この先、二度とヒットに恵まれなくてもいいや。あれをやりきれたら、役者をやったことで後悔はしないと思うんだ」

一時的にもてはやされるだけでもいい。どんな人気番組だって、いつかは終わる。その先のことまで考えるには、音彦はまだ若すぎる。やれる時に、やるべきことをやっておかなかったら、いったいいつやれるというのだろう。

「飛滝さん。我が儘ばっかり言ってごめんね」

卵焼きのために皿を出していた飛滝は、音彦の殊勝な言葉に微笑《ほほえ》んだ。

「我が儘？　それで我が儘を言ってるつもりなのか。まだ足りないよ。音彦が何を望んでるのか教えてくれないと、君の好きな俺のままでいられないだろ」

「そうだけどさ…。残ってる疑問はこれだけ。どうしてあの時に、部屋暗くするんだろ。これまでは明るい部屋だって平気だったのに」

「あれは…」

飛滝はそこで言葉を切って、さっさとダイニングテーブルに移動してしまった。音彦はキッチンから飛び降りて、その後を追う。

「何でだよ。俺達、倦怠期になるには早過ぎると思うんだけど」

「だからあれは…」

ダイニングテーブルには、いかにもおいしそうな高級弁当と、飛滝特製の卵焼きが乗っている。空腹で倒れそうな音彦は、誘惑に負けそうになりながらも食い下がった。

「納得出来る説明を聞かせてよ。飛滝さんは俺に秘密を持ちすぎ」

「そうじゃなくて、あれは…つまり…俺のその、あの時の顔が最低だからだよ」

飛滝は椅子《いす》に座り、ワインクーラーに入っていた冷酒を取りだした。それを音彦のグラスにも注いでやっている飛滝の顔は、まだ飲んでもいないのにほんのりと赤くなっていた。

「最低って言った?」

「ビデオに撮ったのは、客観的な目で、あの時の自分の姿を見たかったんだ。せっかく素晴らしい寝室が出来るというのに、そこにいる俺はどうなんだろうと。そうしたら重大な欠点に気が付いただけだ」

「欠点…あれが。それじゃ俺はどうなるんだよ。どんな顔してる。もっと凄《すご》いことになってない。だけど俺は一度として、最低の顔になってるなんて思わないけど」

飛滝は指を左右に動かして、黙れと示したが、音彦はそんなもの無視していた。

「あのね、飛滝さん。人間の美醜っていうのはだな。ただ絵的に綺麗か、そうじゃないかじゃないんだよ」

「分かった。音彦、その話は…寝室に持ち込もう。俺も昨日から何も食べていない。空腹なのは同じなんだが」

そこまで言われたら、音彦も黙るしかない。二人は大急ぎでグラスを合わせた。

黙々と食べながら、音彦の頭の中では笑いが響き渡っている。とんでもない秘密を抱えていそうで、実は結構つまらない拘《こだわ》りで飛滝は失敗しているのだ。

それがまた人間的でおかしい。

音彦はいつか肩を揺らして笑い出した。すると笑いは伝染して、飛滝も珍しく口元を開いて笑っていた。二人はついに声を出して笑った。

広い部屋に、笑い声はよく響いて、何人もが笑っているかのように聞こえた。

『警察手帳・新人刑事・葉山孝太郎、頑張ります』

そう書かれた脚本が配られたのは、配役も正式に決まり、スタッフを交えての全員の顔合わせの席でだった。

原作のコミックを描いた漫画家、それに監督の木村《きむら》に、大日《だいにち》テレビのディレクター上月《こうづき》。プロデューサーの児玉《こだま》も顔を出す。

音彦は原作に合わせて髪を切った。少し短くなった程度だが、襟足が寒いし、ワイシャツのカラーが変にこすれる気がする。

キャラクターと同じ、安物ビジネススーツに黒革靴で登場した音彦を見て、真っ先に喜びの声をあげたのは原作者だった。

音彦は貰ったばかりの脚本を手にして、原作者に近づいた。まだ二十代の後半といった感じの漫画家は、眼鏡《めがね》をずりあげて近づく音彦を見ている。

「以前からこの作品のファンでした。葉山孝太郎をやらせていただけて、これ以上の名誉はありません。よろしければここに、孝太郎の顔をお願いします」

「いいですとも。いや、本当にイメージ通りですね。『慟哭《どうこく》』を観た時には、もうちょっと線の細い人だと思ったけど、さすがに役者さんは違いますね。まさに孝太郎そのものだ」

原作者にそこまで絶賛されて、音彦も悪い気はしない。逆に原作者にもサインをねだられて、まだあまり慣れない自筆のサインを相手の脚本に書き入れた。

脇役もすべて原作の雰囲気に合わせて、そこそこ知名度の高い俳優を使っている。ゴールデン枠の二時間ドラマに出演するのに、相応《ふさわ》しい顔ぶれだった。

やはりその中でも、飛滝一人が異彩を放っている。普通にスーツ姿で立っているだけなのに、取材に訪れたカメラマンは、ついつい飛滝のショットを多目に撮りがちだった。

進行通りに、まずはそれぞれの挨拶《あいさつ》があって、主要スタッフが紹介される。続けて俳優の紹介があって、そこまでが正式に取材対象となった。

後は雑談の時間となった頃に、音彦は改めて脚本に目を通す。

そして驚いた。

原作にはそれほどない飛滝のやる間宮の出番が、大幅に加筆されている。やはり桐生の呪《のろ》いはまだ生きていて、どうしても飛滝と音彦を、作品の中でも外でも対決させたい意向らしい。

飛滝が断ると、桐生は予想していたのではないか。いくら音彦の頼みでも、あの飛滝惣三郎がテレビドラマの脇役なんかで出るとは思わなかっただろう。

しかも音彦の敵役だ。役にのめり込む飛滝にとって、恋人の敵役はやりにくい。出たら出たで揉《も》める元になるし、断れば断ったで喧嘩《けんか》のネタになる。二人を争わせるのが目的だっただろうに、飛滝が二つ返事で出演依頼を受けたので、裏で糸を引いたつもりの桐生の思惑は大きく外れたのだ。

飛滝の出番が増えたのも、よくあることではある。出演料もかなり高いクラスの俳優だ。ちょい役で使うだけではもったいない。しっかり働いてもらいましょうとばかりに、出番が加筆されるのは納得出来る。

だがどの出番も、音彦に特別絡んでいるのがやはり意図的に思えてしまう。演技では音彦が見劣りすると踏んでの使い方ではないだろうか。撮影現場で音彦が、激しく落ち込む様子を桐生は見たいのに違いない。

不自然ではない程度に、飛滝と話していた音彦は、監督の木村が近づいてきたので、緊張して口を閉じた。

「飛滝さん。出演を引き受けていただいてありがとうございました」

木村の声は安定したトーンだ。それを聞いて音彦は、こいつは現場でいきなり切れたりはしないよなと思った。

「実は自分…まだ桐生監督のように、時間軸に沿って撮影を進められるような技量がありません。飛滝さんはいつでも、そういった撮影方法を取られるとうかがってますが」

年も同じくらいなのに、木村の腰は低い。本来なら監督の方が、俳優よりも格が上だ。どんな大物俳優相手でも、こんなに媚《こ》びる必要はなかった。

「いえ、今回は客演ですから、そちらの進行方法に合わせますよ」

飛滝は鷹揚《おうよう》に答えた。

これではどっちが偉いのか、ますます分からない。

「ですが、テレビはカット割が多くて、その、一度役に入られた飛滝さんは、絶対にNGがないってことですが、相手役の俳優さんが出した場合ですね」

相手役の俳優といったら、俺のことじゃないかと音彦はふて腐れる。だが顔には出さなかった。

「その俳優さんの部分だけ別撮りして、後で合成という手を使いますので」

「監督…」

飛滝は軽く木村の肩を叩いた。そして笑顔を浮かべ、あの誰をも納得させてしまう話し方で、木村の耳元で囁いた。

「これは木村監督、あなたの作品ですよ。桐生監督のじゃない。あなたの思うように撮ってくれて構わないんですよ」

「そ、それはそうですが」

「カット割が多くても、何度撮り直しがあっても、私は監督の指示に従いますよ。飛滝惣三郎をそんなモンスターに仕立てないでください。私だって普通の俳優です。監督の意向が、時間軸に沿っての撮影なら従いますが、そうでなければ前後がばらばらだって、きちんと対応するのが俳優ですよ」

側で聞き耳を立てているだけの音彦だったが、その時はっきりと飛滝の全身から、特別のオーラが立ち上ったように感じた。

俺はプロの俳優だ。どんな要求にでも応えて見せる。それが出来なかったら、飛滝惣三郎じゃない。そう無言で圧力をかけているようだ。

木村がまだ熱心な視聴者でしかなかった子供時代から、飛滝惣三郎は子役でテレビに顔を出していたのだ。恐らく木村も、飛滝の名演に感動したことがあっただろう。

その実力を知っているだけに、いざ自分が飛滝を自由に使えるとなって、木村は緊張しつつも興奮しているのだ。

「通常の撮影方法でいいんでしょうか。そうしていただけると、本当に助かります」

「監督…。これでついに一本立ちですね」

「は、はい」

木村が桐生の助監督をずっと務めていたことを知っている飛滝の言葉に、木村は照れたような笑いを浮かべた。

「これを機会に、桐生監督を超えるような監督になってください。その…非常に言いにくいんだが、アドバイスとか言って、これからも桐生監督が色々と口を挟んでくるかもしれない。だが、忘れないで欲しいんです。あなたが…正式なメガホンの所有者だということを」

メガホン。簡易式のこの拡声器は、撮影現場で監督が俳優に指示を出すために、昔からよく使われていた。それがそのまま転じて、メガホンを取るというのは、その映画を監督するという意味になったのだ。

「飛滝さんは…もう桐生監督の映画には出られないんでしょうか」

聞きにくそうに木村は口にした。

やはり桐生は、助監督だった木村にも飛滝に対する不満をぶちまけているのだろう。

俺の映画に出たから、映画賞を取れたんだとでも言っているだろうか。日本では、俺しか飛滝惣三郎を使いこなせないと言っているかもしれない。

「自分がやりたいと思った作品だったら、どなたが監督でも出させていただきますよ。また機会がありましたら、ぜひ木村監督の作品でも使ってください」

さすがに大人だ。桐生の映画になんて、二度と出るもんかと内心では思っているだろうに、そんなことはおくびにも出さない。

「ありがとうございます。飛滝さんってもっとこう、変わった方なのかと勝手にイメージしてました。実は凄いプレッシャーを感じていて…。桐生監督にも色々と言われてまして、あの飛滝惣三郎を使いこなせなかったら、お前が恥をかくだけだって」

ついに桐生は、自分の弟子ともいえる木村にまで、嫉妬《しっと》の矛先を向け始めたのだろうか。ありそうな話だった。

「監督に恥をかかせるような演技は、絶対にしないつもりです。主役の篁君もはりきって演技に取り組んでいくと言ってくれてますし」

飛滝はそれとなく話題の主を、今回の主役である音彦に向けた。

「そういえば篁君。役作りのために、プライベートでも葉山孝太郎になりきってたんだって」

いきなり木村に話しかけられた音彦は、目を大きく見開いて飛び上がった。

そんな話がどっから漏れたんだと聞くまでもない。どうせ桐生に決まっている。

「いや…その…あれは」

「素晴らしい心がけだ。さすがに飛滝さんが面倒見てる、期待の新人だけのことはあるね」

「いえ…」

新人じゃない。すでに三年、この業界の隅っこにいたんだがと思っても、音彦には言えない。ここはあくまでも好感度で売っていくしかなかった。

「監督。頑張って視聴率稼ぎましょう。僕はこの作品がとても好きです。シリーズ化させるために、最大限の努力をしますから。葉山孝太郎。頑張りまっすっ」

音彦は役のままの声で、高らかに宣言してみせた。

桐生に対して抱いていた意地は、この際すっぱりと捨てた。

最大の敵は桐生なんて小物じゃない。視聴率という数字が、テレビにとっては最大の敵なのだということを、忘れてはいけないのだ。

映画やドラマの撮影において、最大の難問は天気だ。忙しい俳優のスケジュールを調節し、何もかもお膳立てを揃《そろ》えていざ撮影に臨んでも、気紛《きまぐ》れな風雨ですべてが流れてしまう。撮影現場としても、物語の上でも、最後の工事現場の対決シーンは、夜の撮影になる。天気は生憎で、雪がちらつくかもしれないと予報が出ていた。

音彦は特大の戸外用ヒーターの前で、暖を取っていた。その横には、なぜか飛滝が間宮の扮《ふん》装《そう》のままで、同じように暖を取っていた。

今回の飛滝は、以前の撮影の時とはまるで違う。何と普通の俳優のように、撮影シーンが終わると元の飛滝に完全に戻るのだ。

確かに子役時代からずっとドラマの現場にいた飛滝だ。そうやって普通の俳優のようにもやってきた時はあっただろう。だが私生活まで役になりきって暮らすと思っていた音彦には、今回の飛滝の態度は意外だった。

だからといって飛滝の演技が、間の抜けたものになっているわけではない。飛滝と絡むシーンでは、どの俳優も皆いい演技をする。相手の気迫が伝わると、それに負けまいと頑張ってしまうのが、人間の心理なのだろう。

ここまでの撮影は、とてもいい雰囲気で進行していた。木村は監督としては新人ながら、俳優の使い方をよく心得ていて、無駄に疲れさせるようなことはしない。過度な要求もしない代わりに、指示は短くても的確だった。

音彦はいつの間にか、現場では孝太郎と呼ばれるようになっていた。あまりにも原作の雰囲気そのままなので、誰もが本物の葉山孝太郎のような気になってしまう。だったらいっそ芸名にしちまうかと、音彦が冗談で口にしているくらいだ。

実際の工事現場の側に、セットが組み立てられている。高層階でやっているように見せかけて、実は地上からそれほど高くない位置で撮影する。それでもかなり高さはあるから、万が一落ちた場合の保護対策に、スタッフは必死になっていた。

「ねぇ、飛滝さん」

配られた珈琲《コーヒー》を二人で仲良く啜《すす》りながら、音彦は髪をオールバックにして、サングラスをした飛滝を見つめながら訊いていた。

「よくわかんないんだけど、どうして今回はそんなに切り替えが早いの。いつだって役になりきったら、抜けるのが難しいって言ってたのに」

「…企業秘密…」

飛滝はにやっと笑いながら言った。

「ずるいよ。家に帰っても普通の顔してるし。前の時とはずいぶん違ってる。やっぱりあれかな。テレビドラマだから?」

「そうじゃない。簡単なことさ」

「簡単?」

飛滝にとっては簡単なことでも、音彦にとっては難しいことだってあるのだ。それが分からずに音彦は悩む。

「リハーサルの時は、あんなに入り込んでたのに…。まるで違う。確かにカメラが回りだすと、間宮にはなってるよ。それは演技してる俺にも、びしびし伝わってくるし。誰もが納得する演技だとは思うけど…」

「そんなに知りたいか」

「うん、知りたい」

「教えてあげてもいいが…」

飛滝は焦《じ》らすように、わざと間を空けている。音彦はじりじりしながら答えを待った。

「俺は今、俳優、飛滝惣三郎を演じてるんだ」

白い息とともに吐き出された言葉は、それだけだった。

「……だって、それってまんまじゃないか。えっ、えーっ、飛滝さんが飛滝惣三郎を演じてる

って、どういう意味だよ」

ますます謎《なぞ》めいてしまった。

音彦は珈琲で手を温めながら、それ以上詳しい解説をしてくれない飛滝のせいで、何度も今言われた言葉を反芻《はんすう》していた。

「自分で自分を演じるってこと?」

「そうだよ…。ここにいる人達全員が、恐らくはそうあって欲しいと思ってる、俳優の飛滝惣三郎を演じてるんだよ」

「……ん?」

分かりそうで分からない。

俳優が俳優である自分を演じる。それはパラドックスの理論みたいで、音彦にはよく分からないのだ。

「どんな役でもこなせる俳優が、最高の自分を演じられないでどうするんだ。そうだろ」

「最高の自分を演じる…」

現場のスタッフにとって、理想の俳優とはどんな俳優だろう。

時間を厳守し、劣悪な撮影環境にも不平一つ言わず、相手俳優のＮＧによる何度ものリテイクに耐え、気の利かない助監督にも笑顔を向けられる。

カメラが回り出せば、誰もが引き込まれる演技をし、疲れを一つも感じさせず、グラビアにも使えるような美しい姿を見せてくれる。

そんな俳優ということだろうか。

いるとしたら、まさに今の飛滝がそれだ。

「あっ、そうかっ」

ついに音彦にも、飛滝の言っている意味が分かった。

自分で理想の自分を演じるなんて、簡単に言うが難しい。誰だって疲れたり、思う様にいかなければ我が儘が出る。誰に対してもいい人ではいられないし、現場でのテンションを維持し続けるのも難しい。

それを飛滝は、理想の俳優の姿を演じることで、完璧《かんぺき》にクリアしたのだ。

「誰もが飛滝は変人だと思っている。その通り、俺は自分でも自分がおかしいというのは知っている。いつだって俺は、レンズを通してか、別人になるしか自分という存在を確認出来ない」

飛滝は音彦の頬が冷たくないか、手でさすって確かめている。現場のスタッフは、二人が特別仲がいいのは既に気が付いているようだが、それとなく見ないふりをしてくれていた。

「俺にはいつでも鏡が必要なんだ。人からどう見られているかを、鏡を通して確認しないと、自分でも自分がよく分からない」

「そんなことないよ。誰も見てない時だって、飛滝さんはそのまんまだ」

「音彦は俺にとって、何より大切な鏡だよ。音彦の目に映る俺のままでいれば、そう失敗しないと気が付いたんだ」

冷たい風が吹いてきて、二人はますます身を寄せ合った。寒さで体が固まってしまったら、この後の演技に響く。無意識のうちに音彦は首を回して、走る前のランナーのように準備をしていた。

「母親っていう大きな鏡が割れてから、俺は自分を映すものがなくて迷っていたと思う。求められるものになるしか、生きる方法が見つからないから、どんどん自分を見失っていったんだ。今は…俳優の飛滝惣三郎を求められてるから、安定してるんだろうな」

「いい男でね。卵焼き作るのうまいんだ。優しいし、すごく、すごーく、演技がうまいんだよ。そうなんだ…それが飛滝惣三郎なんだよ」

「そうだな」

「信じられないよ。脚本一冊、丸暗記するのに一日だぜ。もうそれで二度と脚本見なくてもいいくらいに、台詞がみんな頭に入ってんの。最初の頃は、飛滝さんと一緒だと、演技で喰《く》われると怯えた。でもそうじゃないんだ」

音彦は軽くぴょんぴょんと飛び跳ねる。その顔が輝いて見えるのは、ヒーターの熱風のせいではなさそうだった。

「それぞれ顔が違うようにさ。演技も生き方も、みーんな違う。それでいいんだよ。俺は俺のベストを尽くす。みんながベストを尽くせば、もっといいものになる。それだけのことさ」

スタッフがスタンバイお願いしまーすと呼んでいる。音彦と飛滝はコートを脱ぎ、動きやすさを考慮したせいで、少し薄手の衣装のままで現場に向かった。

「足場が狭いから気をつけて。バランスを崩して、万が一落ちそうになったら、思い切り飛んでマットの上に落ちてください。スタント、本当にいらないですか」

木村は今さらだが確認をする。スタントマンを使うという手もあるのに、二人が頑《かたく》なに拒否したからだ。

「いらないですよ。NGなしで、一発撮りでいけますから」

飛滝は余裕を見せた。

「それでは撮影に入ります。シーン四十五。最後の対決シーン」

木村がカメラの位置まで下がり、助監督が合図のカチンコを前に押し出した。

カチンコにはドラマのタイトル『警察手帳』と本日の日付などが書かれている。これがカンッと鳴った瞬間、現実は消えて、虚構の世界が息を吹き返すのだ。

「間宮さん。新谷議員を殺したって、何にもなりませんよ。それ以上、無駄に罪を重ねないでください」

幅五十センチない鉄骨の上で、風に髪をなびかせながら音彦は叫ぶ。

「あんたを殺したくないんだ。さっさと消えな」

飛滝はライフルを手にしていて、その銃口は音彦に向けられていた。

「あなたがくれたテープが公開されれば、法だけじゃない。国民からも裁かれます。命を奪われるより、議員にとってはその方がずっと辛《つら》いんですよ」

じりじりと音彦は、飛滝に近づいていった。

「死ぬ気か、兄ちゃん」

普通の俳優だったら、陳腐な芝居になってしまいそうな場面だ。なのに飛滝が演じると、荒んだ殺し屋も実に存在感があって、魅力的にすら見えてしまう。

「撃ちたければ撃ってもいいですが、どうせなら殴り合いましょう。転落死だったら、あれは事故だったということで、あなたの罪も一つは減ります」

「ふざけるなよ。自分を殺す相手に情けをかけてどうする」

銃口は音彦に向けられている。ここで発砲されるが、知っているふりがわずかでも垣間《かいま》見えてはいけない。

小道具のライフルは、派手に火花を散らしていた。音彦はその音に驚いたように、思い切りバランスを崩してみせる。本当に落ちそうになって、しっかりと体勢を立て直すのに必死だった。

「銃はまずいです。まずいんですよ」

そこで音彦は細い鉄骨の上を走って、いきなり飛滝に飛びかかっていった。ここでいったん、カメラを止めることだって出来る。なのに木村は二人の意向を尊重して、すべてを一度の撮影で収めようとしてくれていた。

飛滝にとっては簡単だろうが、集中力のいる一発撮りは音彦にはまだ難しい。そう思っていたのに、もうこの場面は何度も演じたかのように、自然と体が動いていた。

ライフルを持った飛滝との格闘シーンだ。実生活では喧嘩らしい喧嘩もしたことがないから、殴り合いになったらどっちが強いかなんて確かめようもない。どうせ飛滝の方が数倍も強いだろうが、確認は生涯したくはなかった。

打ち合わせ通りの動きにはならない。なぜなら二人とも本気だったからだ。

音彦は自分の中に、完全に自分が閉じこめられたのを感じる。

ここにいるのは篁音彦ではない。葉山孝太郎なのだ。

孝太郎は強くもないくせに、向こう見ずだから平気で間宮にも立ち向かっていく。そして結果はライフルで喉《のど》もとを押さえられて、今にも殺されそうになるのだ。

「うーっ、うわーっ」

「無駄な殺しをさせやがって。明日っから、夢見が悪くなるだろうが」

台詞が脚本と微妙に違っている。だがカットなんて叫ぶ木村ではなかった。

「御言葉通りに、落としてやるぜ。痛いのは一瞬だ。安心しな」

「そうはいくかっ」

音彦はそこで飛滝のサングラスを殴り飛ばした。続けて飛滝の手に、思い切り噛みついていた。

「離せっ、この野郎」

ライフルを持ち上げて殴ろうとした飛滝は、よろけた音彦とぶつかってバランスを崩す。慌ててライフルを放り投げて、体勢を立て直そうとするが滑って片足を踏み外した。

そのまま飛滝は鉄骨から落ちそうになるが、どうにか片手で鉄骨を掴み、転落するのを踏みとどまった。

下ではスタッフが、飛滝の足先に分厚いウレタンマットを用意して待ち構えている。だが飛滝の強靭《きょうじん》な筋肉は、片腕一本でその長身を見事に支えていた。

スタントマンも特撮も使っていない。

アクション専門の俳優でもないのに、生身でここまでやれる俳優は少ない。

現場のスタッフ全員が、その時奇跡を見ているような気持ちだっただろう。普段の優雅な飛滝を知っているだけに尚更《なおさら》だ。どこにこれだけの力を隠し持っているのかと、誰もが驚愕《きょうがく》していた。

「間宮さんっ！」

絶妙のタイミングで、音彦は腹這《はらば》いになって飛滝の手首を摑んだ。その体勢のまま音彦は、片手でポケットから手錠を取り出す。そしてまず飛滝の手にかけて、反対を自分の手に掛けた。

「馬鹿野郎！　てめぇも落ちるぞっ」

「公務執行妨害、現行犯で逮捕します。あなたの権利について、ここで述べますか」

「うるせぇっ、さっさと手錠を外せ。死にたいのかっ」

「早く、もう一方の手で捕まって。引き上げるから」

音彦にとっても、これはかなり辛い演技だった。実際に飛滝は音彦よりはるかに重い。その体が手錠でぶら下がっているのだ。

「どうせもう何もかも終わりだ。一緒に死ぬか…」

飛滝は寂しげに笑いながら言った。

カメラマン。しっかりこの顔を撮ってくれと音彦は祈る。

飛滝は実にいい顔をしているのだ。

二人きりのリハーサルの時に感じた、甘い胸のときめきを感じる。

誰も知らない秘密のシーンがあったからこその、飛滝のこの顔なのだろう。

飛滝がやっと右手でも鉄骨を摑んだから、少しは軽くなったがそれでもまだ手首は痛んだ。

「ここで死ぬのは嫌です。母が死ぬまでは、何があっても生きてないと」

マザコン葉山の決め台詞だった。

飛滝の体が引き上げられる。すると飛滝はせっかく助けてもらったというのに、音彦の胸を摑んで叫んだ。

「鍵だ。鍵よこせ」

「……」

音彦は鍵を取り出すと、それをぱっと投げ捨てた。そしてにっこりと笑った。

「一緒に下まで行って、鍵を探してくれませんか」

そこでカーットと、木村の声が響いた。

スタッフはみんなしーんとしている。ここで木村がリテイクの指示を出せば、細かい部分だけか、通してかでやり直しだ。だが今以上、どんな完璧な出来映えがあるのだと、誰もが内心思っていただろう。

「オッケーです。お疲れ様でした」

ほっとした雰囲気が、撮影現場を包み込む。

安心したのか立ち上がった瞬間に音彦は、本当に落ちそうになって飛滝に支えられた。

「このシーンがやりたかったんだろう」

「うん。あの台詞、好きだったんだ。最後の、下まで行って鍵を探しませんかってやつ。本当に鍵がないと、このままずっと飛滝さんとお手々繋いでになっちまう」

鍵、おい、鍵だよと助監督が叫んでいた。照明がもう落としていいですかと叫び、それぞれが忙しく動き出した中、誰かが口にした。

「雪だ…」

まるで撮影が終わるのを待っていたかのように、雪がちらちらと舞い始めた。

音彦は鉄骨の上で立ち止まり、消える前の照明が照らし出した、白い結晶を無心に眺めていた。

「雪が珍しい年でもないだろう?」

飛滝が背後から優しく声をかけてくる。

「うん…だけどこの雪は、きっと一生忘れられない雪になるんだろうな」

雪が降る度に、この撮影現場を思い出すのだろう。

そうして蟬《せみ》の声を聞けば、いつかの撮影現場を思い出すのだ。

一つ、一つが心の中に、思い出として積み重なっていく。

だが音彦が他の人達より恵まれているのは、この忘れられない情景が、一本のフィルムとなって残されることだ。

この先いつか飛滝が死に、音彦が死んだとしても、フィルムの中の二人は今のままで、永遠に若く美しい姿で生き残る。

お互いに俳優であることをやめない限り、この先も同じフィルムに収まることはあるだろう。

二人は何度も見知らぬ男として出会い、その度に、時には愛し合ったり、時には憎み合ったりするのだ。

衣装も台詞も毎回違ってはいるけれど、二人の顔はいつもお互いに向けられている。

その意味を、スクリーンを観ていたうちの何人が気付くだろうか。

桜の開花の話題がニュースで流される頃になると、テレビ局も一斉に特別番組ラッシュになる。年に二回、四月と十月の番組改編の時期だった。

今夜は音彦の初主演ドラマが放映される。自分では平静なつもりだったが、やはりそわそわと落ち着かない。音彦はクローゼットの中で、大きなトランクに荷物を詰めている飛滝の周りをうろうろしながら、夜までの間が持たずに苛々《いらいら》していた。

飛滝は明日から渡英する。二週間と期間は短いが、それでも離れている時間にしては長く思えた。

「飛滝さん。帰ってきたらいきなり英語でしゃべり出したりしないでね」

「……」

「飛滝さん。いい、電話ってものがあることをたまには思い出すように。携帯持たせても、使わないいんじゃ意味ないし」

「……」

「あっ、それと向こうで評判よくなっても、あまり外国の仕事ばっかり入れないように」

「音彦。座ったらどうだ。まだ放映まで四時間もあるぞ」

「無理」

飛滝は呆《あき》れるしかない。今日の音彦は朝からずっとこの調子だった。

「何も心配することはない。連ドラの枠が決まったんだろ」

「連ドラの放映は十月からだし。とりあえずは今夜が勝負だよ」

「視聴率なんて当てにならないさ。後半から伸びていく番組だってあるし」

どう慰めても、今の音彦には効果はなさそうだった。音彦は壁に頭を打ち付けてみたり、ため息をつくのに忙しい。

今夜放映される二時間ドラマの出来が良かったので、そのまま十月からの本放映が局内で決まった。だがどんなに制作者側がいいと判断しても、実際に視聴者が観てくれなければ、本当に評価されたことには繋がらない。

まさに今夜が、音彦にとっては決戦だった。

「ああ、どうしよう。他局は格闘技の大物対戦だし。バラエティには人気タレント総出演ってなってる。駄目だ。これじゃ、最低、最悪だっ」

「どうやらリラックスさせるには、あっちに移動するしかなさそうだな」

飛滝はベッドルームに視線を移す。だが音彦は即座に首を横に振った。

「そんな気分にとってもなれない。セックスで俺が誤魔化されると思ってんの。デリカシーなさすぎだよ」

苛ついた音彦の様子に、飛滝は困惑するばかりだ。

愛し方を甘やかすことしか知らない飛滝にとって、こんな時は無視してやるのが一番いいというのが思いつかない。

「そうだ、今だから言っちまおう。飛滝さん、俺、浮気しました」

苛ついた音彦は、つい残酷な気分になって、決して言ってはいけないことを口にしてしまった。

「……」

相手は誰なんだとでも言うかと思ったら、飛滝は不思議そうな顔をして音彦を見ているだけだ。

音彦が浮気するなんて、飛滝の頭には全くなかったのだろう。

「何だよ。もっと派手に驚いたり、怒ったりしないの」

「で、いつしたんだ?」

「ちょっと前だけどね…。どんなやつか知りたい?」

飛滝は答えない。答えたくても、想像もつかないのだろう。

「そうさ。俺って、最悪の駄目駄目男なんだ。番組放映前から、こんなにびくついてるし。こんなに愛されてるのに、平気で浮気するんだぜ」

押し黙ったまま飛滝は、動物園の熊のように歩き回る音彦をじっと目で追っていた。

黙っている方が飛滝は不気味だというのを音彦は知っている。この辺で正解を告げないと、とんでもない事態になりそうだった。

「飛滝さんもよく知ってるやつさ」

にやっと笑って、音彦はすぐに答えを教えてしまった。

「間宮法世《ほうせい》ってやつなんだけど、ワルっぽい雰囲気についくらっとなっちゃってさ。レイプされてる筈が、恥ずかしいことに感じちゃったりして。いい男だったな。ちょっと陰があって、そこがまたいいんだけどね」

べらべらと言いたいだけ言うと、音彦は飛滝の反応を窺った。

だが相変わらず無表情のままだ。

「なーんだ。受けなかったか…。笑ってくれると思ったのに。ま、いいや」

照れ隠しに笑ってみせたが、そのうちまた音彦は落ち込んでいた。

「あーあ、あそこまでやったのにな。いざとなったら自信ない。どうせ評論家だのに嫌ってほどけなされるんだろうな」

「…音彦。すまないが珈琲を淹《い》れてくれないか？」

やっと飛滝が口を開いたと思ったら、言われたのはそんな雑用だ。

「えーっ、今?」

「そうだよ、今」

「わかった。わかりましたよ。明日っからいなくなっちゃうんだもんね」

どうせここにいても邪魔になるだけだ。さすがに飛滝も、壊れた音彦を持て余し始めたのだろう。

珈琲を淹れているくらいがちょうどいいのかもしれない。音彦は素直にキッチンに入り、珈琲を用意した。

「一階にも二階にもキッチンがあるって、無駄な気もするけど、パーティとかする時には便利だろうな。なのに飛滝さん、パーティは嫌いだし。そうだ。タキシードも持っていくように言った方がいいのかな」

ドリップ珈琲が出来上がるのを、音彦はやはり苛々して待った。マグカップを温めておきながら、明日からはこの広い家で一人なのかと寂しさが募る。

「久しぶりに実家にでも帰るか。今なら、帰っても喜ばれるだろうし」

せっかくの放映後の感動を、飛滝とたっぷり味わえないのが悲しい。もし辛辣《しんらつ》な批評が上がって傷ついたとしても、慰めてくれる飛滝はいないのだ。

「飛滝さん。俺、二、三日、実家に帰ってみようかな…あれ」

クローゼットにはもう飛滝の姿はなかった。トランクはそのままだから、トイレでも行ったのかと思って、音彦は寝室に珈琲を運んだ。

テラスの前のテーブルに珈琲を置いて、そろそろ新芽が顔を出した庭木を眺める。小さな桜の木も一本だけあって、まだ堅い蕾《つぼみ》がたくさんついていた。

「自宅で花見か。贅沢ってこういうのを言うんだろうな」

背後から人が近づいてくる気配がする。飛滝だろうと疑わない音彦は、そのままのんびりと外を眺めていた。

すると突然、口をタオルで塞《ふさ》がれた。泥棒かと思ったが、飛滝がいた筈だ。まさか飛滝がやられたのかとパニックに陥りそうになった時、音彦はとんでもない声を聞いた。

「兄ちゃん、あんた、本当は俺に惚れてたんだろう」

「んんっ、んっ」

「隠さなくていいぜ。そういえばあの時も、いきなりだってのにいい声出してたな」

「んんっ、んっ」

ばたばたと椅子の上で足掻いていたら、もの凄い力で椅子から引き上げられていた。そのまま楽々抱え上げられたと思ったら、音彦の体はベッドに放り投げられていた。

「飛滝さんっ、ごめんっ。あれって冗談。今はそんな気分じゃない」

「いい家に住んでると思ったら、パパがいるのか。いつの間に、そんな悪い子になったんだ」

髪型が変わっている。どこから持ち出したのか、サングラスをしていた。

それだけじゃない。何と飛滝は、裸の上に直にスーツを着ている。

反則だと音彦は思った。こんな危ない飛滝なんて見たくない。嫌だったらいいのに、嫌でもないから余計に困る。

これでは本当に浮気している気分になってしまいそうだ。

「やめよう…。こういうのは、まだ早いよ。俺達、倦怠期じゃないだろ」

「パパが可愛がってくれないのか。可哀想に…」

飛滝は音彦にのしかかり、サングラスを外して不敵に笑った。

「だったら俺が可愛がってやるよ。初恋の従兄弟よりは、俺の方が役に立つぜ」

「違うんだ。落ち着いてよ、飛滝さんっ」

どんなに魔法の呪文《じゅもん》を唱えても、飛滝は元に戻るつもりはないらしい。

音彦の口を最初に覆ったタオルで、飛滝は巧みに音彦の手を縛り上げる。そして自由を奪ってから、ジーンズにまず手をかけた。

「ああっ、やめろよ。やだっ」

抵抗しているうちに、音彦も何だかおかしな気持ちになってくる。

浮気したい気持ちは誰にでも隠れているものだが、こんな形でも浮気になるのだろうか。

音彦は桐生の高笑いを聞いたような気がした。飛滝惣三郎を使いこなせるのは、日本で俺だけだ。いい気になって飛滝の恋人のつもりでいても、やつをコントロールすら出来ないだろうと、笑われているような気がする。

「ち、違う、魔法のランプの使い方を間違えてるだけだっ」

心の中の桐生に向かって、音彦はつい言い訳をしてしまった。

「魔法のランプがどうしたって。だったら俺がランプの精になってやろうか。ご主人様、何がお望みですかって言えばいいのか」

冷たい笑いを浮かべながら、飛滝はついに音彦の下半身だけを裸にした。そして俯せにすると、何の思いやりも愛もない、いきなりの挿入を開始する。

「いっ、痛いっ」

本当はそんなに痛くない。なのに音彦はつられて、痛くて苦しげな顔になってみせる。

だが感じてしまったのは、男であるだけに隠しようもない。間宮に変身した飛滝は、そんな音彦を見てますます冷たい笑いを深めていく。

「痛いだけじゃないだろ。こんなになってるじゃないか」

そこを摘《つま》まれて、音彦はのけぞった。

安直なAVみたいな展開だ。そう思っても、慣れないやり方でもそれなりに興奮は高まる。

飛滝の魔法のランプは、どんな呪文で元に戻るのだろうか。使い方を間違えるととんでもないことになりそうだ。せめて夜までには元に戻って欲しいと願いながら、音彦は目を閉じて、乱暴だが実は巧みな動きに合わせて、いつか声を上げていた。

「あっ、ああっ、あっ」

苛立ちは消えた。続いて恐怖が襲い、その後に快感の波が押し寄せる。

目まぐるしく変わる感情に翻弄《ほんろう》されながら、いつか音彦の中から不安は消えていき、頭の中は真っ白になっていった。

飛滝の顔は見えない。体の一部だけが飛滝を感じている。

今の音彦にとって、飛滝だろうと間宮だろうと、どっちの人格だって関係ない。いいように翻弄されて、自分の中の欲望に忠実になっているだけだ。

「飛滝さん、ごめんなさい。二度と…浮気はしません。だから許して…」

「無理だろうな…」

間宮なのか、飛滝だったのか、ぼそっと呟《つぶや》かれた言葉を聞きながら、音彦はあっさりといかされてしまった。

何時間くらい、やられていたのだろう。ぐったりしたままベッドでぼんやりしていた。

「いけない。もう時間だ」

いつの間にか部屋は暗くなっていて、デジタルの目覚まし時計は、じきに放映時間の八時になることを伝えている。

「飛滝さん？　飛滝さん…」

いつの間にか間宮だった飛滝の姿は消えていて、元の飛滝本人も消えていた。

「何だよ、せっかく一緒に観ようと思ってたのに」

そう口では言ったものの、正直ほっとしていた。飛滝と並んで観たら、飛滝の演技に比べて自分のあらばかり目立って、いたたまれない気持ちになっただろう。

テーブルの上に置かれていた珈琲はとうに冷めて、アイスコーヒーよりも冷たいくらいに感じられる。それをキッチンのシンクに運ぶと、音彦はそのまま二階のダイニングに置かれた、小さな液晶テレビで自分が出るドラマを観た。

とても一階にある、ホームシアターの特大画面でなんて観る勇気はない。十四インチの小さな画面で、一般の視聴者のようにして観るのがせいぜいだ。

ＣＭでは、音彦の出た簡単パスタのニューバージョンが出ている。新シリーズでは、妹というのが出て来て、二人で簡単パスタを食べているところに彼女が現れ、とんでもない誤解に繋がるというストーリーになっていた。

実は妹というのが、簡単パスタのマカロニバージョンとかけてあって、マカロニ製品のＣＭは妹役の新人タレントがメインになる。明るい元気な子だったよなと、妹役の新人を観ていた音彦は、そのすぐ後にタイトルが出た途端、思わず目を瞑《つむ》っていた。

あんなに長時間かけて撮影されたのに、二時間のドラマとして編集されてしまえば、実際に目にするのは正味一時間半くらいのものだ。

あっという間に終わってしまったドラマを観て、音彦は呆然《ぼうぜん》としている。

もちろん編集段階で何度も観ている。だがそれと現実にテレビで放映されるのでは、趣も違っていた。

「何か…あっさりと終わっちゃった。ははは…ま、そんなもんだろ」

これからどうするべきだろう。明日出発するというのに、飛滝は消えたままだ。

憑き物が落ちたように、苛立ちも不安も消えたが、心は空っぽになってしまったようで、何か虚《むな》しい。

一人でため息をつくしかなかった。

ここ数ヶ月、やはり楽しみにしていた時間は、一瞬にして終わってしまったのだ。

「音彦…」

優しい声に、音彦は顔を上げた。

そこに飛滝がいる。

手には豪華な薔薇《ばら》の花束を抱え、さらにシャンパンを一瓶《ひとびん》ぶら下げている。

「初の主演、おめでとう、音彦」

飛滝は薔薇の花束を音彦に手渡しながら、優雅に腰を折ってキスしてきた。

その姿は完璧な恋人。そういう役を、今の飛滝は選んだのだろうか。

「飛滝さん…」

薔薇の花束を抱いたまま、音彦は椅子から立ち上がって、飛滝の胸に飛びついた。

その温かさと広さに感動しながら、音彦はふと冷静になって、飛滝の演出の見事さに改めて気が付いた。

苛立ちを鎮めるのに、やはりセックスは効果的だった。

だまし討ちみたいな展開だったけれど、お陰で何も考えずに溺《おぼ》れてしまったではないか。

そして音彦が限りなく落ち込んでいる今、飛滝は完璧な恋人として、音彦に安らぎを与えるために現れる。

「ねえ、飛滝さん…。俺、思うんだけどさ」

「ん…」

薔薇を潰《つぶ》さないように気をつけながら、優しく音彦を抱く飛滝は、その類い希《まれ》な美貌《びぼう》を輝かせて、音彦を熱く見つめる。

「飛滝さんは…いつか自分で映画を撮るべきだよ」

魔法のランプを、音彦は自らこすった。たとえ願いが一つしか叶わないとしても、今の音彦はこの言葉を飛滝に告げないではいられなかったのだ。

「気が付いてないだけだ。飛滝さんには映画を作る才能がある。今すぐでなくていいんだ。いつか…何年かしてでいい。俺を、飛滝さんの作る映画に出させて欲しい」

「……いつか…な」

飛滝の表情が僅かに揺らいだ。

それは飛滝の中に、確かに音彦の言葉が蓄積された瞬間だった。

あとがき

最後まで読んでくださって、ありがとうございます。今回は前作『顔のない男』の続きとなりました。

続きといっても時間的に続くというだけでなく、何だかおかしな関係にどんどんとなっていくというか、深みにはまっていく二人の物語でしたね。

しかしキャラクターというものは、書き手の手中にすんなりと収まってくれる方々ばかりではありません。お芝居の世界や映画の世界でも、俳優が勝手に台詞を変えてしまう、いわゆるアドリブというのがありますが、飛滝《ひたき》さんというキャラは、文章ですらもアドリブに変えてしまうようです。

一応プロットというものを出しまして、こんな話になりますと編集様に了解を取ってから書き出すのですが、まぁ、勝手に暴走するわ、するわ。

本当にようわからんキャラなのに、読者様にはご支持いただけたようで嬉しいです。

ちなみに最近私の脳内では、とんでもない妄想が爆裂しております。

なんとあの飛滝さんには、音彦《おとひこ》があひるに見えるという…。

北畠《きたはた》先生の麗しいイラストで、思い描いてみてください。

某社のＣＭに出ているようなあひるを見つめて、目尻を下げてにっこりと笑う飛滝さん…。おいでと呼ぶとよちよちと歩いてくる音彦あひるを抱き上げて、思わずうっとりとしてふわふわ羽毛に頬ずりを…。

何であひるなのか、作者の私にもよく分かりませんのですが…。

絵的に可愛いので、許してください。


さてさて、今回は映画ではなく、テレビの世界が舞台となりました。皆様にはご贔屓のドラマがおありでしょうか。

えっ、昼間の連ドラ？　月曜九時のドラマがお好みですか。または海外ドラマにはまっている方もいらっしゃるでしょうし、いやいやながらご両親と時代劇を見ていらっしゃる方もいるんでしょうね。

日本ではそんなに俳優さんの数が多いというほどでもないですし、年間に大手映画会社が制作する映画の本数も限られていますので、現在は映画俳優という言い方はあまり馴染みがありません。

けれど一昔、いや二昔、ともかく以前には銀幕のスターと呼ばれる人達の中には、映画にしか出ないという俳優さんもいらしたのです。

まだ黎明期のテレビの世界は、多少格下に見られていたところもあるでしょうし、予算の関係とかで大物俳優を起用するのも厳しかったのでしょう。

今でもハリウッドでは、テレビの俳優と映画の俳優でははっきりとした違いがあります。やはり映画俳優の方が、格上という意識があるんですよね。

テレビでずっと頑張っていた俳優が、映画の主役級にまで上りつめる例もあります。皆様はご存じでしょうか。『ER』というドラマに出ていたジョージ・クルーニー。あの素敵なおじ様は、かなりのキャリアになってからやっと映画でいい役を貰えるようになったんですよ。

私が一番はまったドラマ…。

いや、いっぱいありますけどね。代表としてあげるなら『ツイン・ピークス』かな。映画監督としても変わり者のデビッド・リンチが作るテレビドラマで、何が何やら分からない展開が、もう気になって、気になって。

ドラマの中にドーナツをずらっと並べるシーンがあるんですが、ドーナツを大量に買い込んで真似したりもしましたよ。

最近は時間があまりないので、もっぱらニュースとバラエティ、または特別企画番組くらいしかテレビは見ません。ドラマはＤＶＤになってから見るパターンが増えました。

ＣＭ見ない視聴者になってしまいましたね。スポンサー様、ごめんなさい。

人生はドラマだという言葉…好きです。

別に大層なドラマじゃなくっていいんです。寅さんみたいな親戚がいなくってもいいし、愛憎渦巻く、どろどろの修羅場の連続じゃなくってもいいんです。

自分だけの特別の喜びが、日々の中に少しあって、その瞬間だけでも自分が主役であることを楽しめれば充分だと思いませんか。

そう、毎日が主演ドラマってことなんですよね。


イラストの北畠あけ乃《の》様。今回も麗しい二人をありがとうございました。脳内で勝手にあひるを抱く飛滝さんを、北畠様イラストで描いてしまってすいません。

担当Ｍ様。前作に続きありがとうございました。

そしてここでまた嬉しいお知らせが。前作の『顔のない男』が、ＣＤドラマになるんですよ。6月26日、ムービックさんより発売です。

私自身、どんな声で、この複雑な二人の関係が演じられるのか楽しみにしております。

機会がありましたら、そちらの方もどうぞよろしく。

それではまた、次回のキャラ文庫で…。

剛　しいら拝

この本を読んでのご意見、ご感想を編集部までお寄せください。
《あて先》〒105－8055　東京都港区芝大門2－2－1　徳間書店　キャラ編集部気付
「剛しいら先生」「北畠あけ乃先生」係

■初出一覧

見知らぬ男……書き下ろし

Chara

見知らぬ男

【キャラ文庫】

2004年3月31日　初刷

著者　剛しいら

発行者　市川英子

発行所　株式会社徳間書店

〒105-8055 東京都港区芝大門2-2-1

電話03-5403-4324（販売管理部）

03-5403-4348（編集部）

振替00140-0-44392

印刷　大日本印刷株式会社

製本　株式会社宮本製本所

カバー・口絵　近代美術株式会社

デザイン　海老原秀幸

編集協力　三枝あ希子

ISBN4-19-900298-7

好評発売中

剛しいらの本

【エンドマークじゃ終わらない】

イラスト◆椎名咲月

大手のリゾート開発会社で働く和紀《かずき》は、大学時代の恋人が今も忘れられない。大事な親友でもあった彼・永太郎《えいたろう》は、三年前なぜか突然一方的に別れを告げて去ったのだ。納得できないまま想いを募らせる和紀は、ある日新規の仕事先で偶然、永太郎と再会する。もう一度よりを戻したい!!　でも永太郎はひどく冷たくて…。その上、二人は仕事を挟んで真っ向から対立してしまい!?

好評発売中

剛しいらの本
【追跡はワイルドに】
イラスト◆緋色れーいち

佐渡《さわたり》悠《ゆう》は新米の警察犬訓練士。愛犬リオと事件を解決する日を夢見ている。ある日、幼児誘拐事件が発生！　悠が初出動した現場を指揮するのは、若くて有能な刑事の高越《たかごし》。大財閥の御曹司で、バーバリーのコートを着こなし、悠を気障《キザ》な言葉で口説いてくる。でも、唯一の欠点は犬嫌いなこと!?　そんな時、リオが幼児の遺留品を発見!!　悠はリオと一緒に、高越と犯人を追うことに…!?

好評発売中

剛しいらの本

【顔のない男】

イラスト◆北畠あけ乃

新人俳優の音彦《おとひこ》に、大手映画会社から出演依頼が舞い込んだ。相手役は天才俳優と名高い飛滝《ひたき》。けれど、出演条件は飛滝と同居すること!? 映画の設定通り、兄弟として暮らし始めたとたん、“兄”として必要以上に甘やかし、触れてくる飛滝。毎夜“弟”を抱きしめて眠る飛滝に、音彦は不安を募らせる。そしてついに、兄弟の一線を越える夜が訪れて!? バックステージ・セクシャルLOVE。

投稿小説★大募集

『楽しい』『感動的な』『心に残る』『新しい』小説——

みなさんが本当に読みたいと思っているのは、どんな物語ですか？　みずみずしい感覚の小説をお待ちしています！

•応募きまり•

[応募資格]

商業誌に未発表のオリジナル作品であれば、制限はありません。他社でデビューしている方でもOKです。

[枚数／書式]

20字×20行で50～100枚程度。手書きは不可です。原稿は全て縦書きにして下さい。また、800字前後の粗筋紹介をつけて下さい。

[注意]

①原稿はクリップなどで右上を綴じ、各ページに通し番号を入れて下さい。また、次の事柄を１枚目に明記して下さい。
（作品タイトル、総枚数、投稿日、ペンネーム、本名、住所、電話番号、職業・学校名、年齢、投稿・受賞歴）
②原稿は返却しませんので、必要な方はコピーをとって下さい。
③締め切りは特別に定めません。採用の方にのみ、原稿到着から３ヶ月以内に編集部から連絡させていただきます。また、有望な方には編集部からの講評をお送りします。
④選考についての電話でのお問い合わせは受け付けできませんので、ご遠慮下さい。

[あて先]　〒105-8055 東京都港区芝大門2-2-1
徳間書店 Chara編集部 投稿小説係